悪い姉

渡辺　優

集英社文庫

悪い姉

1

平穏な生活を手に入れるために殺すのだから、絶対にバレてはいけないと思った。それが夢の始まり。

私は自分の部屋にいて、手にはナイフを持っていた。リンゴの皮を剝くのに使うような、薄くて小さなフルーツナイフ。窓からの月明かりが床に伸びて、部屋全体を海の底みたいに青く染めていた。

姉は隣室にいる。艶やかな髪を枕の横に流して、白い瞼を柔らかく閉じて、なんの苦しみも悩みも痛みも感じずに、穏やかな眠りの中にいる。長いまつ毛に、血の色の唇。お姉ちゃんは白雪姫みたい、と幼い頃に思った。今も思う。とても美しいところとか、なんどもなんども殺そうとしても、ぜんぜん死なないところとか。

女王はどうして毒リンゴなんて冴えない手段を選んだのだろう。ナイフを使えば確実なのに。

そんなことを考えながら、私は足音を立てないように部屋を出て、暗い廊下を進む。

姉の部屋の扉、そのドアノブを摑む。ひんやり冷たい感触が緊張を高めた。息をひそめて、ゆっくりと押すと、開いた扉の隙間から、やっぱり月明かりが漏れた。

いける気がする。今日こそやれる気がする。私はきっとやり遂げて、そしたら、明日からは姉のいない世界を生きていける。安全で、穏やかで、揺るぎない希望に満ちた世界だ。姉のいる今の世界より、きっとみんなが幸せになれる。もちろん私はとても幸せ。私の未来にどこまでも暗くたちこめている影が、なくなるわけだから。

想像するだけで、涙が出そうだ。じわりと広がる温かな勇気を胸に、私は一歩、姉の部屋に踏み込んだ。窓際に置かれた、私の部屋にあるものと同じ、白いベッド。この一歩は小さな一歩だけれど……。

そこに姉の姿はなかった。月明かりを受けた青白いシーツが、わずかに姉の形にくぼんでいた。胸の中の温かさが消えた。気配を感じて振り返る。

すぐ後ろに姉がいた。廊下の暗い闇の中、口元だけに月光を受けて立っている。その唇が、笑った。

「麻友ちゃん」

私は叫び声を上げて、その顔にナイフを振り下ろした。温かい血がパッと散った。それが夢の終わり。

心臓がばくばくして、全身に汗をかいていた。窓の外はすっかり明るくて、月明かりなんてどこにもない。隣の部屋から、かすかに物音がした。姉だ。今日もまだ、お姉ちゃんは生きている。

ベッドの上で、私は深く、長くため息をついた。良かった、と思った。夢だ。夢で良かった。安堵で身体の力が抜ける。心臓の鼓動が、少しずつ穏やかさを取り戻す。

本当に、夢で良かった。

ナイフなんて使ったら、一発で殺しだとバレる。

私は平穏な人生を手に入れるために姉を殺すのだから、絶対にバレてはいけない。事故に見せかけるのがベストだと考えている。きちんと計画を練って、慎重に、一度でキメるのだ。

本格的に受験勉強の始まる、高三になる春までには済ませたい。姉のいない世界で、自由に未来を選ぶため。私に残された猶予は、あと一年。

同じクラスに気になる人がいる。だから最近、学校に行くのがすごく楽しい。

早起きもぜんぜんつらくない。いつも寝癖がつく左の前髪を完璧に整えて、うつむきがちなまつ毛をきっちり上げるために起きるのだと思うと、去年までの自分が嘘みたいに、目覚めてから五秒後にはもうベッドを出ている。すごく嫌な夢を見てしまったときなんかは別だけど、そんなのは週に二、三回、多くて四回くらいの話だし。

その人とは今年、初めて同じクラスになった。私の世界に彼が登場して、もう一か月とちょっと経つ。一か月とちょっと同じ人を気にし続けるというのは、ものすごいことだ。私はたぶん、彼のことがちゃんと好きなのだ。

洗面台の大きな鏡の前に立つ。熱くなったヘアアイロンを、おでこぎりぎりの根元から前髪に当てて、憎きうねりを伸ばす。さらさらのショートボブは、調子のいいときなら清らかで活発、ピュアでフレッシュでクリーンでキュートで私こそが女子高生である、という最強の仕上がりになるのだけれど、調子の悪いときは本当にクソださいブスで最低、生まれてこなければよかったな、という気分になる振り幅の大きな髪型。朝、鏡をのぞき込んだ瞬間にその日のテンションが決まる。今日は、わりとふつう。前髪さえ真っ直ぐになれば、それなりに明るい気分で一日を過ごすことができそう。少なくとも、自分のブスさがつらくて彼に話しかけられない、なんてことにはならずに済みそうだ。

その人はぜんぜんイケメンじゃない。そこが良い。わりと気楽に絡みにいける。身長もそんなに高くなくて、女子の平均の私よりもたぶん数センチ高い程度。でもどうだろう、彼はちょっと猫背だから、ちゃんと姿勢を良くしたら意外と高身長で私をどきどきさせてくれるなんてこともあるのかも。それは、もちろん大歓迎。

でもとにかく、彼の魅力は外見じゃない。彼の最高に素晴らしいところは、皆からヨシくんと呼ばれているところ。男子からも、女子からも。そこが最高に良い。ねえねえヨシくん、と誰もが呼びたくなる、親しみやすさ、人柄の良さ。佳希、という名前だ。ヨシキ。すごく綺麗な字面と響き。でも私は彼をヨシくんとも、ヨシキとも呼んだことがない。私は彼を、小野寺くん、と呼ぶ。これはね、作戦なんですよ。

私とヨシくん（心の中ではそう呼ぶ）との出会いに、特別なものはなにもなかった。私たちはただ毎年事務的に行われているクラス替えで同じクラスになり、それでただ、クラスメイトという間柄になった。席はわりと近め。うちのクラスは男女やグループの垣根なく気楽に喋る友好的な子の割合が高めで、だから、そんな穏やかな雰囲気の中で他のクラスメイトたちと仲良くなっていくのと同じように、私とヨシくんも特に記憶に残るようなきっかけもなく普通に会話をするようになった。話す内容は、授業のこととか、友達のこととか、音楽のこと（ヨシくんは音楽を聴く！　私も音楽を聴く！）。でも、大抵は他の友達が一緒で、ふたりきりで言葉を交わしたことは、まだ数える程度しかない。

私とヨシくんとの間に、語れるほどのエピソードはなにもない。私が電撃的に恋に落ちるきっかけとなった出来事なんてものはない。そこが最高に素晴らしいと思っている。私は別になんのエピソードもなくヨシくんを好きになったのだ。ただ、彼が隣の席の子が落としたなにかをすぐに拾ってあげるとか、授業中に誰かが冗談を言ったときに本当に楽しそうに笑うとか、他人が恥をかいたり失敗したときにかける「ドンマイ」の控えめで優しい発音とか、歴史の授業で凄惨な事件が取り上げられたときなんかは話を聞く背中がすっと伸びるところとか、そういう、エピソードにもならないような日常の生活態度に惹かれ、ただなんでもない会話を重ねて、ただ好きになった。

熱と圧力にようやく屈した前髪にオイルをつけて、最後にさっと全体を梳かした。鏡の中の自分がにやにやしている。ヨシくんのことを考えると、ついいつもにやにやしてしまう。我ながら気持ち悪、と思うけど、でもいいの。にやにやするのは健康に良いのだ。

鼻歌でも歌ってしまいそうな気分だった。でも、洗面所の扉の向こうに人の気配を感じて、私は鼻の穴まで出かかったメロディーを堪えた。

いけないいけない。

私が幸福であることを、この家の中では誰にも悟られてはいけない。

こんなにハッピーな気分になることが久しぶりすぎて、うっかり全開で浮かれてしまいそうになるけれど、この世界って少しの油断が命取り。ということを、私はこれまでの人生で嫌というほど学んできた。命取りって、つまり、死。人間って油断すると死ぬ。だからヨシくんを落として彼氏にしていちゃいちゃするという一連の流れはとても慎重に進めなければいけない。私は死にたくないし、ヨシくんにも死んでほしくないから。

もう二度と、大切な人をなくしたくないから。

私は、頑張って直した前髪の下に隠れる、今も消えない幼少期の傷跡にそっと触れた。扉の向こうの気配が二階に消えた。短く息を吐いて、鏡の中、健康的ににやにやしている顔の筋肉を動かす。笑顔を消して、ちょっと目を伏せて口角を下げて、やる気のない、明日への希望が見えない、眠い、怠(だる)い、不幸せな十代っぽい顔をつくる。家の中でのいつもの私、不幸な次女のお顔。

洗面所を出て、リビングのテーブルで朝食を食べて、始業時間までにはだいぶ余裕をもって家を出た。玄関を出るまでに、父、母、今朝夢の中で殺しそこねた姉とたびたび顔を合わせたけれど、誰も私の幸福に気づきはしなかった。殺意にも。


春。

電車の窓を流れていく景色が、ぜんぶ春。

東京から、そして例年の平均からもだいぶ遅れて、私の住む世界も春が深まってきた。ピンクとか、黄色とか、水色とか、薄い緑とか、生き物を幸せな気分にさせる色がやたらと目につく。私は生き物だから、もちろん幸せな気分になる。しかも、恋する生き物だから。

電車が駅に入ると、陰った窓に自分の顔が映った。私はいつもこの駅に入ったこの夕イミングで、鞄からリップを出して塗る。ここを逃すと後がない。ヨシくんは、次の駅で乗ってくるのだ。

リップはアホみたいなピンクでもバカみたいな赤でもなくて、「マンダリンチェリー」と題された繊細なオレンジ色。そんなにはっきり色は付かないのだけど、唇にナチュラルな潤い感が出て、さくらんぼ味の駄菓子みたいな甘い匂いがする。春、よりはもう少し、進んだ季節を思わせる匂い。

電車が駅を出ると、私の胸はわくわくと膨らんだ。私はいつも、次の駅で開く扉とは反対側の扉近くに立っている。身動きが取れないほどではないけれど、それなりに混雑した車両の中で、乗り込んできた彼に声をかけるのはちょっと無理。でも、ヨシくんはスマホに目を落としたりうつむいたりしないできちんと前を向いて歩くひとだから、毎朝電車に乗るその一瞬も、車両の中にしっかりと目を向ける。そして、私を見つける。ヨシくんは私を両目でとらえ、にっこり微笑み、小さく会釈をする。会釈！　なんて素晴らしい文化。

姉を避けるために、今年から早い時間の電車に乗るようになった。そのおかげで私はヨシくんの会釈に出会った。それは私にとってものすごく皮肉なことであるけれど、皮肉であるからといってヨシくんの会釈の価値はすこしも損なわれたりしない。

私とヨシくんの間になにかひとつでも特別なものがあるとすれば、この会釈だ。私たちはただのクラスメイトではなく、毎朝同じ電車で会って、会釈をしあうクラスメイト。ヨシくんは礼儀正しい人だから、電車内で顔見知りを見かけてなんかめんどくさくて気づかないフリ、なんてことはしないタイプなのは当然だけど、でもこの会釈は、そういう会釈でもないの。いや会釈なんてただの社交辞令で特別でもなんでもないよ、って言うやつは、実際にこの会釈を見てないからね。見てもらえばすぐにわかる。これはとても良い会釈。微笑むタイミングとか、首の角度とか、目線の移動とかのすべてが、この会釈には心がこもっているということを如実に物語っている。少なくとも、ヨシくんは私のことを嫌ってはいないみたいっていう勇気をくれる。

でも、その希望の会釈をくれたヨシくんはすぐに、窓の方を向いてこちらには背を向けてしまう。これは、別に普通ですよね。だって、電車に乗っているのは私だけじゃないし、他の知らない乗客と目を合わせるのってなんか嫌だし、窓の外って楽しいものがいっぱいあるし。だから彼がすぐに私に背を向けてしまうことは、別に私への好意の否定とはなりません。

でも、このあと私たちの降りる駅に着いてから起きることは、少し悲しい。

ヨシくん側の扉が開く。彼はいつも、一度も振り返らずに電車を降りる。これはまあ、仕方ない。学校の最寄り駅、うちの生徒皆がここで降りるのだ。混雑する入り口近くでもたもたしてても邪魔なだけ。でも、ヨシくんは迷いない足取りでホームを進み、エスカレーターではなく階段を選んで地上に降りる。とろとろ歩く私は彼の背中から少しずつ引き離されて、学校への上り坂へ差しかかる頃には、もう到底追いつけないほど前を行くヨシくんの猫背を睨むことになる。

電車を降りてほんの四秒そこで待っていてくれたら、一緒に登校できるのに。ヨシくんは私を待たない。私にはそれが少し、いや、死ぬほど悲しい。私なんてしょせん会釈はしても四秒待つほどの価値はない女ってこと。会釈なんてしょせん社交辞令でしょうしね。ていうか私なんかとは一緒に歩きたくないのかもしれませんね。

でも、でも。ヨシくんばかりを責めることはできない。だって、つまり、私だって、四秒分頑張って走れば、ヨシくんに追いつくことはぜんぜん無理じゃない。とろとろ歩いたりしてないで、エスカレーターの左側に立ったりしてないで、遠ざかるヨシくんの背中を見てないで、この足で颯爽と駆けていって彼の右肩に触れてみればいい。おはようと声をかけて、さりげなく横に並んで、今日の授業についてのわかりきったあれこれを質問してみたらいい。この世で一番優しいヨシくんは私のために歩く速度を落としてくれるはず。私たちは一緒に坂を上って、校門を抜けて、下駄箱の前でなにか面白い冗談を言って笑って、笑顔のまま教室までの階段を上る。

そんな勇気はないけどね。だって、もしもヨシくんがそれを嫌がったらと思うと怖い。私と一緒に歩くどころか、一緒に笑うことや右肩に触れられることさえもすごく嫌だと思っていたらどうする。だってヨシくんは私を待っていてくれないわけだから、その可能性はあるじゃないですか。待っていてくれないと追いかけられない。

はあ、と深くため息をつくと、胸の中のわくわくが抜けていった。

浮かれるほどハッピーだったかと思えば、すぐ絶望する。自分自身が操縦できないこの感じ、懐かしい。中学のとき初めて本当に好きだと思った男の子に近づくときも、私はすごく不安定になった。

浮かんで、沈んで、でも、それが楽しいといえば楽しかった。結局その子とお付き合いをすることになったから、一応は、一瞬は幸せな思い出。でも、そのあとほんの二週間でフラれたのは最悪な思い出。あの子はなにも悪くなかった。あの子は本当にすまなそうに謝りながら、でも、やっぱり私の目が姉に似ているのがどうしても無理だと言った。

あ、駄目だ。

思い出すのは止めよう。朝から死にたい気分になりたくない。あの頃失ってしまったたくさんのもののことは、夜、眠る前に考える。今はただ、なんのエピソードも持たない恋のことだけを考える。

と、二週間付き合ったあの子の顔がほとんど思い出せなくなっていることに気がついた。アルトの声が好きだった。でももう声変わりもしてるだろうし。それに私にはもう、毎朝会釈を交わしあう仲の男子がいるし。

あと二十秒ほどでヨシくんの笑顔が見られる。またわくわくが迫ってきた。窓ガラスに映る自分の前髪を、最後にもういちど確かめる。

電車が減速する。私はゆっくりとターンして、扉に背中をつける。待っていたなんて思われないような自然な笑顔で彼と目を合わせるため。

今日は追いついてみようかな、と一瞬思った。ちょっと無理して人込みをかき分けて、頑張ってみようかな。話しかけてみようかな。嫌な顔をされたら、明日からはまた引きの作戦に変えればいいだけだし。それでこの恋が終わるわけでもないし。

電車がホームに入った。並ぶ人たちの顔が右に右に流れていく。

え、どうしよう。本当に追いついてみる？　本気で、頑張ってみる？

電車が停（と）まった。ホームに並ぶ人たちの顔がはっきり見えた。空気の抜ける音と共に扉が開く。ハッカみたいに澄んだ春の匂いと共に、大勢の人たちが乗り込んでくる。

どきどきと高鳴る胸を押さえながら、私はヨシくんの顔を探した。

ちょっと癖のついた短い髪に、下がった眉（まゆ）に、白い頬、を探した。

人びとが次々乗り込んでくる。いつもは一瞬で見つけられる、その顔を探した。

あれ？　と思った。

おかしい。いつもは探す必要なんてないのに。

探すまでもなく私の目をしっかり捉(とら)えてくれるヨシくんの顔が、今日はない。ヨシくんがいない。

最後のひとりが乗り込んだ。発車を知らせるメロディーが鳴る。空気の音と共に扉が閉まった。

ヨシくんは乗ってこなかった。私が彼という存在を認識してから、初めてのことだ。

もしかして、ヨシくんは死んだのかな。だから学校に来られない。死んでなくても、風邪(かぜ)とか胃腸炎とか片頭痛とかで具合が悪くて、今日は学校をお休みする。学校に来ないなら電車に乗らないのは当然。ぜんぜんあり得る話。うん、そうかも。

それとも、ヨシくんは寝坊した。春の朝って眠いから、真面目なヨシくんだってうっかり寝過ごしてしまうこともある。それか、なにか朝にトラブルがあったのかも。定期を忘れたとか、家族と喧嘩(けんか)したとか、いつも通る道が工事中だったとか。なんらかの事情でいつもの電車に間に合わなかった。仕方ない、よくある話。ヨシくんは次の電車に乗ってくる。そしたらちゃんと、学校で会える。

あるいは……こんなのぜんぜんあり得ない、可能性の低い話だと思うけど。でも、頭から離れない。そんなわけない、と理性的な自分と、絶対そうだよ、と嘆く自分が同居している。嘆いてる私の方が声が大きい。

つまり、ヨシくんは私のことがすごく嫌い。すごく不快に思っている。それで電車の時間をずらした。毎朝私と顔を合わせる苦痛についに耐えきれなくなったのだ。私は彼に生理的に無理だと思われている。どうしよう。私のような人間はもう二度と彼の前に姿を見せない方がいいのかな。

ヨシくんを乗せないまま電車は動き出し、まったくいつも通りに線路を走り、次の駅に停まったので、私は降りる。ホームを抜け、坂道を上り、学校を目指す。いろいろなことを考えた。考えても答えは出ないばかりか、思考はどんどん複雑になり、妄想になる。校門脇に並ぶ桜の木から、遅れて咲いた花の香りがする。うっとうしい匂いだな、と思う。

ふと思いついたことがあった。

ヨシくんはもしかして私の、悪い姉のことを知ったのかもしれない。

姉と私は年子で、学校では同級生。姉は四月の明るく凛(りん)とした空の下に生まれた。私は名残雪(なごりゆき)の降る寒空の三月に生まれた。

顔はそんなに似ていない。姉は妹の私から見ても明らかに美しく、私は自分で認めるのは悲しいけどまあ平凡。見た目だけで血のつながりに気付かれたことはない。でも、姉妹だということが知られると、ああ、目が似ている、と言われる。自分でも、この目だけは似ているなと思う。目の形ではなく、瞳の色。日本人としては少し薄めの茶色い虹彩。

それからもちろん、苗字が同じ。倉石。特別珍しくもないけれど、学年にそう何人もいるわけではない苗字。

この目とこの苗字を、死ぬほど憎んでいる人がいる。小学校や、中学校の同級生。私が知っているだけで数人。仕方のないことだな、と思う。

高校を受験するときに私が望んだのは、姉とは違う学校に行く、それだけだった。でもそれは叶わなかった。麻友ちゃんと同じ学校に行きたい、という姉の望みが叶ったから。


「元気出して」

そう言って、絵莉は金色の紙に包まれたチョコレートをくれた。早速食べてみると、イチゴの味。美味しいので再び手のひらを差し出すと、絵莉はそこにもうひとつチョコをのせてくれた。ものすごく優しい。大好きだ。

「でも元気は出ない」

「じゃあ返して」

私は手のひらを握って、絵莉の指からチョコを守った。机の上に伏せていた頭を持ち上げて、前を見る。

お昼休みの教室。並んだ机、黒板、左手の窓から差す太陽の朗らかな光。その中にヨシくんがいる。悲しくなるからそっちを見ないようにと思うのだけど、私の目は一瞬でヨシくんを捉えるレーダーみたいだ。朝、私が教室に入ると、そこにはもうヨシくんがいた。彼は病欠か遅刻によりいつもの電車に乗れなかったという可能性が消えた。それで私は朝からずっと残された可能性、ヨシくんは私が嫌い、ということに想い(おも)を馳せ(は)て吐きそうになっている。

「第三者の目線から言わせてもらうとね」

机に伏せたまま動かない私を心配してくれた絵莉に、この絶望の理由について話して聞かせると、彼女は言った。

「たぶんそれって麻友とは関係ない理由だと思うよ。ヨシくん別に麻友のこと嫌いじゃないと思う」

「ううん。絶対嫌われたんだって」

「だってヨシくんと麻友ってそんな嫌いとか不快とかいう感情が芽生えるほどの間柄でもないじゃん」

「いや……そうだけど」

そうだけど。

……そうか。そうかも。

そもそもそんな、嫌われるほど仲良くないか、私たち。

友達の冷静な意見に、私はちょっと落ち着きを取り戻した。いや、やっぱりどうしても懸念材料として、姉、が残ってはいるんだけど。

「そんな気にするなら聞いてみればいいのに。ていうかチャンスじゃない。会話のきっかけになるよ。今日、朝いなかったねーどうしたのーって」

「ぜんぜん踏み込んだこと聞けない」

「ぜんぜん踏み込んでないよ。すごい普通の世間話」

「いやだ。無理」

「あ、ねえねえじゃあさあ、もしも今日中にヨシくんに聞いてこられたらもういっこチヨコあげる。で、聞けなかったら千円ちょうだい。どう？」

人の恋を賭けの対象に。絵莉は素晴らしい提案をしたみたいな誇らしげな目で微笑んだ。恋愛に対してこんなふうに気楽になれるのは、絵莉が甘い声と長い手足とふわふわの髪を持つ神様に愛された女子だから。たまに馬鹿なことも言うけれど、基本的には優しいし、頭も良い。私が絵莉だったら誰にだってなんだって聞きにいけるだろうけれど。

「ねえ、聞けないで悲しい思いをし続けるうえに千円失うくらいなら、潔くぶつかっていってチョコ食べようよ」

絵莉とは高校に入ってから知り合った。だから彼女は、私の姉のことを知らない。同じ学校に姉がいるということを、私はこの一番仲の良い友達に話していない。絵莉には知らずにいてほしい。この素敵な良い子に怖い話は聞かせたくないもの。それに、知られない方が安全だし。

「先払いでチョコちょうだい」

私はすでに貰ったチョコレートが握られているのと反対の手を伸ばした。

それはダメ、とあしらわれるだろうと予想したのに、絵莉はそこにまた甘い匂いの金色の粒をひとつのせてくれる。

「頑張ってね」

嬉しそうに笑う絵莉の唇は桜色。ピンクの似合う女子。いいなあ。

私はピンクがあまり似合わないけれど、ヨシくんに話しかける理由はできた。

「小野寺くん」

体育館の脇、人けのない細い砂利道をひとり歩いていく彼の背中まで三メートルの距離に迫ったところで、私はそう声をかけた。ヨシくんが振り返る。私を見て、ほんの少し目を丸くする。

「倉石さん」

なぜ、こんなところに？　と、その目が言っている。ヨシくんの両手には大きなゴミ袋がひとつずつ握られている。彼は体育館脇を抜けた先のゴミ捨て場にゴミを捨てに行くところだから。私は別に、なにも持っていない。私はヨシくんをつけてきただけだから。

「ひとつ持つよ」

ヨシくんとの距離を縮め、私は彼の手からゴミ袋をひとつ奪った。ヨシくんは不思議そうな表情のまま、それでも「え、ありがとう」と言ってくれた。本当に良い人。

ヨシくんの隣を歩きながら、私は自分のことを、すっごいバカみたいな女だと思った。こんなわざとらしい真似したくなかった。もっとナチュラルなのが私の好み。

最初は普通に、隙を見て教室で話しかけようと思った。さりげなく、気楽な感じで。でも、うだうだしているうちにすぐに放課後になって、絵莉がにやにやし始めた。「残念だったね」と。こういうとき、絵莉は本気で千円を徴収するタイプの子。私は、千円くらいまあいいやあ、と思えるような富豪じゃない。

「そこの、自販機のとこに財布忘れてね。取りに来たら、歩いていくの見えたから。あの、重そうだなって」

私は用意していた言い訳を、早口にならないように気を付けながら喋った。

「ああ、そっか。ありがとう」

ヨシくんはやっと腑に落ちたような笑顔で、またお礼を口にした。ものすごく良い人。

こんな風にちょっと不自然にぐいぐい話しかけられて、でも彼は特に嫌そうな風ではない。今のところは。

「ううん、ほら、二個も持つの大変かなって」

ゴミ袋はどちらも半分程度しか入っていない見るからに軽いもので、こんなのぜんぜん大変じゃない。でも、ヨシくんはより軽そうなプラスチックゴミの袋を私に渡した。好きだ。

「ゴミ捨て場って遠いよね」

ヨシくんはなんでもない、すごくどうでもいいことを口にした。その発音が好きだ。柔らかくて、癒(いや)される感じ。

「そうだね。遠い」

「俺さあ、ゴミ捨てのじゃんけん必ず負けるんだよ。本気で一度も勝ったことない」

どうでもいいことを普通に話してくれる、それがとても嬉しかった。ということは、ヨシくんは私のことを嫌っているわけでも、私にとても悪い姉がいると知って引いているわけでもなさそうだ。安心した。ちょっと泣きそうなくらいほっとした。途端に、歩くたびに鳴る砂利の音や、体育館の中から響く部活の準備を始めている雑音が、なんだかぜんぶ素敵に聞こえた。裏手の山に続くフェンスの錆(さび)や、その根元に生えている雑草も素敵。こんな素敵な場所を私、ヨシくんとふたりで歩いてる。やけくそになって突撃してみて良かった、これで正解だったという自信みたいなものが胸に湧く。

「ねえ、朝いつも一緒の電車じゃん、私と、小野寺くん」

「あ、うん」

そんなのぜんぜん余裕で世間話だよ、という絵莉の言葉を思い出しながら、私は言った。

「今朝はいなかったよね。どうして？」

いなかったよね、の語尾が、ちょっと跳ねた。私は横目でヨシくんをうかがう。

「あーうん。なんか早起きして」

「へー。え、なにか、用事があったとか？」

「いや、なんもないんだけど、たぶん昨日めっちゃ早く寝たから」

「そっかー」

「九時とかに寝た」

「なにそれ、子供じゃん。小野寺くん面白い」

頭の中の落ち着いた私は別に面白くないよ、と言っているけれど、浮かれた私は心から面白くて楽しくて笑った。なにもないのに早寝早起きしちゃうヨシくん！　最高に面白くて、すごく可愛(かわい)い。

「今日も九時に寝る？」

「いや、さすがに、頑張って起きてるよ」

「そうしてよ。朝、小野寺くん見れないと寂しいし」

ひと息で、私は言った。言ってやった！　これはかなりやりすぎなやつかも、と言いながら既に思った。でも、口に出したものは戻せない。いや、大丈夫。こういうこと普通に言う女子って普通にいるじゃん。

「俺も今朝寂しかった」

乾いた砂利に、私は軽くつまずいた。

握りしめたゴミ袋が、ガシャッと鳴った。

「あ、ごめん、なんか俺が言うとキモい。違うよ、あの、キモい意味じゃないから」

ヨシくんは片手を上げて、猫背の背中をさらに丸くする。

私は彼の顔をまじまじと見つめる。言葉が出ない。かわりに、あはは、と笑い声が出た。すごくきゃぴきゃぴした声が出た。

「いや我ながらキモかったわ、今。本当にあの、キモい意味じゃないので」

なんで。むしろキモい意味であってほしいんだけど。

「ぜんぜんキモくないよ。なんで。小野寺くん、ほんと面白いな」

「いやほんと、あの、なんか嬉しいじゃん、電車とかで知り合いに会えるの。そういうあの、クリーンな意味です」

あはは、と私はまたきゃぴきゃぴ笑う。「私も朝会えてうれしいよ」と、また勢いに任せて言った。

山からの風が吹いて、緑の匂いがした。足元で、桜の花びらが一枚だけ舞っているのを見つけた。校門の方から飛んできたのだろうか。とってもきれい。それをヨシくんに教えたい、と思い息を吸い込んだところで、ヨシくんが、はあ、と大きく息を吐いた。

「あー、それならよかった。俺、もしかして倉石さんってちょっと俺のこと嫌いかなとか思ってたんだよね」

「え、うそ」

「いや、すごい自意識過剰な話なんですけど」

「うそ、なんで？　ぜんぜん嫌いじゃないんですけど」

「あー。よかったです」

「ねえなんで。教えてよお」

可愛く内股(うちまた)でヨシくんとの距離を詰めたら、うっかり桜の花びらを踏んだ。もう花なんてぜんぜんどうでもいい。ヨシくんが私の存在を意識していた！

「いや、なんか恥ずかしいから」

「私って愛想ないかな」

「いやいやいや、違う。あの……そうじゃないんだけど」

「なに？」

「えっと……うん。その、呼び方が」

呼び方。

みんながヨシくんのことをヨシくんと呼ぶ。誰もがヨシくんと呼びたくなる柔らかさを彼が持っているから。だから私は超高度な戦略として彼を小野寺くんと呼び続けた。

その作戦が、完璧にキマっていたっぽい。私はゴミ袋をぎゅうっと握りしめて、悪魔のように笑いたくなる気持ちをぐっと堪えた。気持ちよくて仕方ない。

「呼び方って？」

この話題を長く続けたくて、私は悪魔のようにしらを切った。ヨシくんは最高にキュートに照れながら、私が彼をヨシくんと呼ばないことを指摘した。

「倉石さんって、けっこうみんなと仲良いしさ、あだ名で呼ぶじゃん。だから、あれ、俺は……？　みたいな。あー。なんかごめん、やっぱ言わなきゃよかった」

「言ってくれてよかった」

「いや、だってさ、ヨシくんって呼んでね！　みたいな感じじゃない？　今の俺。いやほんとこれは、言い逃れできないキモさだわ。すみません」

「呼びたかったんだけど、私が呼んでもいいのかなって、ちょっと心配で」

「ああぜんぜん呼んでもらっていいですよ。いや、でもあの、無理して呼ばなくても大丈夫。あの、お好きなように」

「ヨシくん」

一瞬だけ目を閉じて、私は言った。

こちらこそキモがられたらどうしよう、と、恐る恐る目を開く。私の隣で、ヨシくんはほんのり耳を赤くして、はい、と言った。

体育館の壁は数メートル先で途切れて、そこから先には午後の柔らかな日が差している。右手に折れるとゴミ捨て場。光の中に私たちは進んでいくのだ。

ああ今、エピソードができた、と思った。私とヨシくんが、ふたりで一緒にゴミを捨てに行ったエピソード。私が初めてヨシくんをヨシくんと呼んだエピソード。意味なく笑いが止まらなくて、すごく楽しくて、幸せっていう出来事。

行動する者にはちゃんと結果が用意されている。絵莉に千円分くらいのなにかを奢(おご)ろう、とふわふわする頭の片隅でちらっと思った。でも今は、それよりもヨシくんに、ひとつお願いしたいことがあった。この流れなら言える。

「じゃあさ、もしよかったら、私の呼び方も変えてほしいな」

倉石さんと呼ばないでほしい。

名前で呼んで、なんて、そんな恥ずかしいことなかなか言えないけど、でも、今なら言える。暖かい日だまりの中にふたりで歩き出すこのタイミングなら。

私たちは体育館の角を曲がって、午後の日を正面から浴びた。開けたグラウンドが遠く見渡せて、その手前の一角がゴミ捨て場。私は目を細めた。

そこに人影があった。

制服姿の女子がふたり。手には掃除道具、でも、別に掃除をするでもなく、ただふらりとそこにいる。そのうちのひとり、こちらに背を向けている長い黒髪の後ろ姿に、私の目は吸い寄せられた。

「え、そしたら、なんて呼んだらいい？」

隣のヨシくんの柔らかな声が、頭に入ってこない。

黒髪。その毛先の一本一本まで、私は知っている。絶対にそうだと一瞬でわかった。こんな偶然ってあるかよ、と驚愕（きょうがく）する自分と、こんな偶然ばっかり、と静かに笑う自分。私の絶望を感知したみたいに、その背中が振り返った。

白い頬に、大きな目、笑みを浮かべる赤い唇。薄茶色の瞳。

お姉ちゃん。

倉石凛（りん）が、そこにいた。

「あ、麻友ちゃーん！」

お姉ちゃんは嬉しそうに右手を上げた。

私の隣で、ヨシくんの顔がいちど姉の方を向き、それからまた私に戻るのがわかった。

私は仕方なく片手を上げて、ひらひらと振った。笑顔と、できるだけ明るい声をつくる。

「やっほー」

なにがやっほーだ馬鹿野郎、と頭の中の強気な私が叱る。しょうがないだろうが、と弱気な私は言い返す。今はやっほーと言うしかないだろうが。

すぐに踵を返して姉から離れたい衝動を抱えたまま、でも、私はヨシくんとふたり、姉に向かって足を進める。ゴミを捨てさせていただかなくてはいけない。近づいてくる私たちを、姉はにこやかな表情で迎える。その視線が、ヨシくんの全身にさっと走った。

私は今朝見た夢を思い出していた。青白い月明かりの中、私のすぐ後ろに忍び寄っていた姉。すごく嫌な夢を見たと思っていたけれど、夢なんてしょせん夢。今の現実に比べたらずっと楽。現実の私は急に現れた姉の姿を見ても叫び声を上げることもできないし、丸腰だし。

「友達？」

姉の隣にいた知らない女子が、なにげない声で姉にそう尋ねた。

「ううんー。この子ね、妹なの」

姉は軽い足取りでターンして、私の隣に並び顔を寄せた。姉の髪が私の肩にぞわっと触れた。

「えー、凜ちゃん妹さんいたんだ」

「うん、似てるでしょ」

「じゃあ、一年生？」

「ううん、同級生なんだよね。四月生まれと三月生まれで年子なの。あれ、何組だっけ？」

「六組」

私は姉たちの話す横をすり抜けて、すぐ後ろのゴミ捨て場にずっと握りしめてきたゴミ袋を捨てた。さっきまでそれはなんだか私たちのエピソードを飾る素敵なアイテムのように思えていたのだけれど、今は普通にゴミだ。

私はきちんと笑顔を浮かべて、姉の隣の女子に向けて言った。短い髪をきっちり耳にかけた、なんとなく足の速そうな子。中学の頃の同級生に、少しだけ似ている。そのことがまた少し、私を焦らせた。

「じゃあ、またね」

ヨシくんがゴミを捨て終えるのを目の端で確かめてから、私は片手を上げた。

「えー、もっと喋ろうよ」

姉は私のブレザーの裾（すそ）をつかんで、口をとがらせる。

「掃除当番なの。家でね」

私は力強く裾を引いて、姉の手から逃れた。一瞬、私を見る姉の目がスッと細くなった。その視線が横に逸れ、ヨシくんに向いた。

私もヨシくんを見た。姉と目を合わせたヨシくんは、下がった眉の、いつもの朗らかな笑みを浮かべて、小さく会釈をした。ヨシくんの会釈。心のこもった、あたたかな会釈。

「……お姉ちゃんだって掃除してたんじゃないの。ほら、ちゃんと真面目にやってね」

言いながら、私は一歩一歩確実に姉から遠ざかり、離脱をはかる。「麻友は真面目すぎだよね」と笑う姉にもう一度、じゃあね、と片手を上げて見せた。

「ばいばーい」

姉は私とヨシくん、二人に向けて両手を振った。ヨシくんは再び会釈を返す。

姉たちに背を向け歩き出すと、「仲いいね」というショートカットの女子のコメントが聞こえた。姉は弾んだ声で、「そうなの。ラブラブ」と答えた。私は一度も振り返らず、体育館の角を曲がった。その陰に入ったところで、ヨシくんの歩く右側とは反対の手、左手の中指を立てた。それが今の私にできる、唯一の威嚇。

「倉石さん、お姉さんいたんだね」

ヨシくんは、ちょっとの驚きと興味のにじむ、明るい声で言った。クラスメイトの姉妹にばったり出くわしたときの、普通の声。

「そうなの」

もうすぐいなくなるけどね。

「姉妹で同じ学校なんて、仲いいんだ。いいなあ」

「似てないでしょ」

「あーどうだろう。ちょっと目の感じとか、似てる気がした。あとやっぱ、雰囲気とか」

「似てる?」

「うん。なんとなくね」

それって死ぬほど嫌なんだけど、とは言わなかった。ヨシくんは無難なコメントをくれているだけ。仲の良い姉妹に対する、普通のコメント。

私は今起こった不幸にぼんやりとして、せっかくヨシくんの隣を歩いているのに虚ろな気分だった。舞い上がるような幸福が惨めにしぼんだ。私たちの初めての特別なエピソードは、こんな風に終わるのか。

「あ、でもだから、苗字で呼ばない方がいいのか」

ヨシくんの声に、私は顔を上げた。

「同じ学年だもんね、お姉さん。もしかしたら今後混乱する可能性も、あるっちゃあるよね」

真っ直ぐ前を向いたまま、ヨシくんは言う。体育館の陰にいるのに、その瞳の中には小さく木漏れ日が映っている。

「ある。すごいある」

「そしたらあの、ご迷惑でなければですが、麻友さんと呼ばせていただこうかな」

「麻友でいいよ」

「いやいやいや、そんな女子を呼び捨てとか、ヨシくん調子乗ってんなーって言われるから」

「誰が言うの」

あはは、とお腹から軽い笑い声が出た。霧が晴れるみたいに、私の頭の中はまたヨシくんでいっぱいになる。姉に会ってしまった不幸を押しのけて、幸福が膨らむ。

私は、ヨシくんが好きだ、と思った。今までで一番強く、そう思った。

そのとき、ブレザーのポケットの中でスマホが震えた。振動がやたらと大きく響いて、その通知をアピールした。ヨシくんにも聞こえただろう。仕方なく、私はそれを引っ張り出す。

表示された画面に、姉、の文字。

お姉ちゃんから。ラインのメッセージだ。

プレビュー画面に映る、短い文章が目に入る。その意味を脳が理解するのと同時に、私は画面を消した。

『今のブサイクだれ？　笑』

図書室に寄ってから家に帰った。少し覗（のぞ）くだけのつもりだったのだけど、気が付いたら一時間以上そこにいた。『身近な毒草』というタイトルの本を読みふけっていたのだった。スズランやチューリップやアジサイの持つ毒の名前と効果を調べていた。スズランは、うちの庭にも生えている。もうすぐちょうど、開花の時期。

紫色の夕暮れの中、駅から家までの道をひとりで歩く。十分ほどで、私たちの家の少しくすんだ緑色の屋根が見えてくる。門を抜け、玄関の扉を開けると、すぐに姉の笑い声が耳に飛び込んできた。廊下にまで漂う夕食の匂い。私たちは物心ついたときからこの家に住んでいる。この温かな家に、心から安らぎを感じて守られていたときもあった。

「麻友？　お帰りー」

扉の音を聞きつけた姉の声に、私は、ただいまーと声を張って返した。姉の声はキッチンからだ。リビングの戸を開けると、奥のキッチンカウンターの中、並んで料理をしている姉と、母がいた。母は手元から顔を上げて、「お帰りなさい」と微笑んだ。遠目に見ると、姉と母の立ち姿は似ている。それこそ姉妹みたいに。近づけば当然、違うけど。香草の焼ける、良い匂いがする。

「ただいま」

「あ、今日ねー、学校で麻友と会ったんだよね」

「へえ」

　よかったねえ、と、母は嬉しそうに頷く。私はブレザーを脱いで、ブラウスの袖を捲った。コンロに向かう二人に背を向けて、対面の流しで手を洗う。

「めっちゃブサイクと歩いてるからびっくりしちゃった。あの子なに？　クラスの子？」

　姉は無邪気に弾む声で言った。私はよろけたふりをして、姉をコンロの火にくべるという作戦を思いついた。事故に見せかけるのはナイス。でもちょっと、火が弱い。

「凛。そういうこと言わないでって、お母さん何度も言ってるでしょ」

「だってほんとにすごいブサイクだったんだもん。なんかキモい系の人。やたらにやにやしてんの。ちょっと思い出すのも無理な感じ。やだやだ」

「凛」

「麻友ちゃんなんであういうのと歩いてたの？　いじめとかじゃないよね。お姉ちゃん心配になる」

「凛ちゃん。怒るよ」

　母は鍋を見ていた手を止めて、低い声を出した。「人の見た目のことを言わないの」というその言葉を、私はたぶんもう百万回くらい聞いた。百万回同じことを言い続けている母の声には、少しずつ諦めが滲(にじ)んできている。私たちが中学に上がったくらいから、母の髪にはじりじりと白いものが増え始めた。

「はーい」

同じ回数その言葉を聞いているはずの姉の声はとても元気。申し訳程度に語尾を下げてはいるけれど、口元には涼しい笑みが残っていて、ぽつりとひと言、「麻友かわいそう」と言った。

姉の言葉の中で、私はその「かわいそう」というのが一番嫌い。

「凜、これあっち持っていって」

「はーい」

スープのお皿を両手に、姉がカウンターを出ていく。はあ、と母が軽いため息をついた。

「ねえ麻友……凜だけど、学校でどんな感じ？　その……」

「わかんない。クラス遠いし」

つい、冷たい声が出てしまった。それで私は、「でも、今日は普通に友達と喋ってたよ」と付け足した。

「そっか。まあ、なら大丈夫かな」

母はまた細く息をついて、肩の力を抜いた。

「凜ちゃんも大人になっただろうしね」

自分に言い聞かせるように言う母に、大丈夫なわけないじゃん、お前が大丈夫かよ、と冷静な私が頭の中だけで呟いた。

姉がこれまでいろいろなことをやってきたのは、姉が子供だったからじゃなくて、邪悪だったから。邪悪さは数年で変わったりしない。他にも母が知らない姉の所業がいっぱいある。母だって本当はそれを察しているから、こんなふうに不安げな顔をたびたび見せるのだと思う。

私の中で、大好きなお母さんが無能なお母さんに変わっていくのが悲しい。大好きなお父さんはすでに愚かなお父さんという印象の方が強い。高校受験のとき、私が必死に隠していた志望校を姉にばらしたのは両親だった。きっとこれからも、彼らは私の情報を姉にリークし続ける。仲の良い姉妹を持つ親として、大して悪びれもせず、当然のような顔をして。

「ちょっと。ぼーっとしてないで麻友も手伝って」

カウンターに戻ってきた姉が、私に大きな目を向けた。薄茶色の綺麗な瞳。母とも父とも似ていない色。もう亡くなった母方のおばあちゃんが、そんな色をしていたのを写真で見た。

「麻友、これお願い」

母が手渡してくるお皿を両手で受け取りながら私は、毒殺のチャンスはいくらでもあるなと考える。

食卓の準備が整う頃、父が帰ってきた。会社の人から貰ったと、季節外れの高級なブドウをお土産(みやげ)に持っていた。

オレンジの照明の下で、髪や唇や白い頬に光を跳ねさせながら、宝石みたいな果実を手に微笑む姉は、なんだかそういう絵画みたい。なにも知らなければ綺麗な絵。でも、その背景にはなにか残酷な物語のある、神話を切り取った絵みたいだな。

姉は来年には十八歳になる。邪悪であることがかろうじて許されていた子供ではなくなる。はやく始末を付けないと。

平穏な生活を手に入れるために殺すのだから、絶対にバレてはいけないな、と思った。

特に姉にはバレてはいけない。もしもバレたりしたら死ぬよりも怖いことが起こるんじゃないかと、私はとても恐れている。

2

初めて姉を殺したいと思ったのがいつだったか、すっかり忘れてしまった。中学に入ってからだったような気もするし、小学校に上がったときにはもう、そんな感覚をもっていたような気もする。

最初は、死んでほしい、という気持ちだった。明確に姉の死を望んでいたというよりは、ただ、姉にいなくなってほしかった。私の世界から消えてほしかった。姉の存在が、私は恐ろしかったから。

ただ私は、姉に偶然の死が訪れるのを受け身になって願い続けられるタイプではなかった。死んでほしいな、という願いは、殺したい、という、より能動的な欲求になった。でも、そんなことは絶対に許されないということもわかっていた。

家族とは、互いが互いを助け合い、支え合い、愛し合うもの。そんな大切な家族の死を望むなんて、ましてや殺意をもつなんて、絶対に許されない。そんな考えが一瞬頭を過(よぎ)るだけでも恐ろしい罪になる。絶対に、なにがなんでも、許されない。

幼い私が触れたことのあるすべての価値観がそう示していた。だから、姉を殺したいと思うたびに、私の清らかな心は激しい罪悪感に苛(さいな)まれた。そんな非道な考えを抱(いだ)いてしまう自分が恐ろしくて、悲しかった。私は良い子でいたかったし、良い妹でいたかったし、良い家族の中で、良い世界で生きていたかった。悪人になんてなりたくなかった。

だから私は、自分の殺意を否定して、振り払って、消す努力をした。姉の良い面を見ようと努めた。殺意を抱く自分を責めて、胸の中ではいつも、両親や神様に謝罪していた。悪い人間でごめんなさい。残酷な人間でごめんなさい。こんな気持ちは間違っているということはわかっているんです。だからどうか許して下さい。

なによりも苦しかったのは、姉に対する罪悪感。私たちは仲の良い姉妹だった。姉は私のことが好きだった。そんな姉を、私は殺したいと思っている。

お姉ちゃん、本当に、本当にごめんなさい。

ヨシくんと私は、もう付き合っているのではないかと思う。

絵莉にそう話したら、いや、そんなことないと思うよと冷静に返された。

いや、私はもう、付き合っていると思う。

「なんでそう思うの」

絵莉は私の前の席に座って、紙パックのジュースのストローを噛(か)みながら首を傾(かし)げた。

イチゴ牛乳。ピンクのパッケージが、絵莉にとても似合う。

「毎朝一緒に登校してる」

私はその言葉を、大切に噛みしめるように発音した。毎朝、一緒に、登校してる。魔法の呪文みたいに美しい響き。

「それは知ってるけどさあ」

「カップル以外そんなことする？」

「朝同じ電車だからそのまま一緒に来てるだけでしょ。そんなの友達だったら普通だよ」

「向こうは男子じゃん。こっちは女子じゃん」

「いや、中学生じゃないんだからさ。向こうはそんなの意識してないかもよ。手繫（つな）いだりとかしてる？」

「朝からそんなのするわけないじゃん」

「じゃあ他にはなにかないの。付き合ってるっぽいこと」

「ヨシくん、私のことを名前で呼ぶ」

私はまた、夢のように美しい言葉を唱えた。絵莉は噛んでいたストローを離すと、そっと口元に指先を当てて、花開くように微笑んだ。

「それはちょっとときめくよね」

「でしょう」

絵莉に呪文が効いたことで、私の中にも同じときめきが膨らんだ。一緒にゴミを捨てに行ったあの日から、ヨシくんは私を麻友さんと呼ぶ。そして私は、私がホームに降りるのをきちんと待っていてくれるヨシくんとともに、学校までの道のりを一緒に歩く。もう、一週間になる。

「でも私だって麻友をまゆまゆって呼ぶし。ヨシくんってさあ、ちょっとそういうとこ読めないよね。すごいフラットにそういうことしそうじゃん。マイルドにフレンドリーな人だから」

確かに。

私は紙パックの烏龍茶（ウーロンちゃ）のストローを噛んで、頷いた。ヨシくんは、読めない人。彼はすごく素直に感情を表す。変に格好つけたり、気取って見せたり、斜に構えたりしない。「嬉しい」も「寂しい」も「恥ずかしい」も、自分の気持ちをまったく恐れず口にする。

だからこそ、読みづらい。素直に吐き出されたその気持ちの奥でなにを考えているのか。私と一緒にいることを、ヨシくんは「楽しい」と言ってくれる。なにが楽しいんだ。どんなふうに楽しいんだ。楽しいということについてどう考えているんだ。その楽しさから私のことをどう評価しているんだ。なにもわからない。私にはただ、楽しいと言うヨシくんがすごくかわいいなあ、ということしかわからない。

「ふふっ」

今朝ヨシくんが聞かせてくれた昨日見た夢の話が最高に面白かったな、ということを思い出して、私はストローをくわえたまま笑った。

「なに」

「ヨシくんね、今すっごく猫が飼いたいんだって。でもお母さんが猫アレルギーで飼えなくて、しょうがないから寝る前とか猫の動画ばっかり見てて、そしたら夢の中に猫が出てきて。ふふっ、でね、その猫が、英語で喋るんだって。ヨシくん英語苦手だから、猫とお喋りできなかったのが悲しくて、英語の勉強頑張ろうと思ったたって」

絵莉は私の話をずっと半笑いのまま聞いて、最後に「そう」、とだけコメントをくれた。

温かい気持ちを抱えたまま、私は幸福のため息をついた。三階から望む窓の外、桜はもうほとんど散っていて、風に混じる甘い匂いは絵莉の飲むイチゴ牛乳。私は少し糖分を控えようと思う。夏までに、少し痩せようと思う。夏服に着替えたときに、半袖からほっそりした二の腕を出したい。それをヨシくんに見てほしいというのではなく、ヨシくんの隣を歩く私はそんな私でいてほしいっていう、理想を叶えるため。

絵莉には熱心に主張をしておいてなんだけれど、正直なところ、私は私たちが付き合っていようがいまいが、どうでもいいようにも感じている。

私はただこの幸福を大切に噛みしめて、なんとしてでも守っていきたいと思っている。

今日の夢は毒殺バージョンだった。姉の前に置かれた紅茶の中に毒が入っていて、私は姉がそれを飲む瞬間をじりじりと待っている、という状況で始まった。

リビングで、姉と私のふたりきりだった。姉は上機嫌で、お喋りに夢中。毒入り紅茶に砂糖を入れて、金色のティースプーンをカチカチ鳴らしながら混ぜている。私も姉に合わせてご機嫌なふりをしながら、はやく飲めや、という思いが頭を占めていた。

スズランの毒を使った。心臓に効くらしい。可憐な花の愛らしい見た目とは裏腹に、その毒性は人を死に至らしめるほど強い。嘔吐、頭痛、めまいなどを引き起こして、悪くすれば心臓麻痺。

姉は細い指先で繊細な細工のスプーンをもてあそびながら、楽しそうに話し続ける。内容はあまり頭に入ってこない。でも、とても楽しそうだから、誰かの悪口だろうな、とわかる。お姉ちゃんはまるでスズランみたい、と、メルヘンなことを考える。スズランには、谷間の姫百合、なんて別名もある。こないだ毒草の本を読んで得た知識。

さて、ところで、私のティーカップの中にも同じ毒が入っている。どうしてそんな状況になっているのかさっぱりわからない。なんといっても夢だから、脈絡もなにもあったもんじゃない。

とにかくそんなわけで、私は紅茶を飲まない。姉もなかなか紅茶を飲まない。私たちはそれぞれ毒入りのカップを手に、にこやかに誰かの悪口で盛り上がる。

「ねえ、良い香りだね、このお茶」

私は姉の意識を紅茶に向けたい。

「そうだね。色も綺麗」

姉はにっこり微笑んで、カップを静かに揺らして見せる。飲まない。

「冷める前に飲んだ方がいいんじゃない」

「そうかも」

「お姉ちゃん、猫舌だっけ」

「そうでもないよ」

「じゃあ……ほら」

「うん、それでね」

姉はクラスの赤面症の男子の悪口を始めた。すぐに耳まで赤くなるというその子を嘲(あざけ)り笑う声は、はっきりと私の意識に届いた。ああ、この話は私たちが小学生のときに実際に聞いたものだ、と気がついた。姉や、姉と仲の良かったクラスメイトたちにその身体的特徴を笑われ続けた彼は、やがて学校に来なくなった。ショウくん、という名だった。私にとってその名前は、ちょっとしたトラウマ。

「ね、ウケるでしょ」

姉はまだ紅茶を飲まない。一口も飲まない。ぜんぜん殺せない。もしかして、姉は私が毒を盛ったことに勘付いているんじゃないか、という不安が過った。姉の目、天を向いた長いまつ毛に縁どられたお人形のように大きな目が、私を捉える。なんとなく、気付いていやがる気がする。このまま、どちらが先に紅茶に口をつけるかのチキンレースが続くのか。

私はなにげない風を装って、カップを口元に運んだ。ひとまず、そんな毒なんて入っていませんよ、というポーズを取ろうと思った。紅茶を飲むふりをする、つもりだったのだけれど、うっかり普通に飲んでしまった。熱い液体が舌の上を流れる感触まで、とてもリアルに感じられた。スズランの爽(さわ)やかな香りがして、私は、ヤバい！　と思った。すぐに心臓がどきどきし始めた。胸が苦しい。手が震えて、足には力が入らない。とても座っていられなくて、床に倒れこむ。カップの割れる音がした。床の上、天井を仰ぐ。動悸(どうき)が治まらない。

ふと視線を下げると、お姉ちゃんがスマホをこちらに向けて、苦しむ私を笑いながら撮っていた。そこで目が覚めた。動悸だけが現実のものとして、胸に残っていた。

ベッドの中、胸に手を当てながら私は、いや、毒殺もだめだろうと考える。刺殺ほど露骨じゃないかもしれないけれど、結局不審な死は警察に調べられる。毒の種類なんてすぐに特定されてしまうだろうし、そうなったら、庭のスズランにきっと行きつく。家族内の犯行ということもすぐに突き止められてしまいそう。父や母に容疑がかかることだって避けたいのだ。私が手に入れたいのは平穏な生活。それを忘れてはいけない。

窓の外が明るい。今、何時だろう、とスマホを見て、今日は土曜日だと気が付いた。そして思い出した。今日、私は姉と買い物に出かける約束をしている。

子供の頃、姉が好きだった。今振り返ってみると、私はほとんど姉の奴隷だったなとわかるのだけれど、当時はそれで幸せだった。姉は良い主人だったから。彼女は奴隷を満足させるぎりぎりの飴と鞭の与え方を、生まれながらに知っているようなところがあった。

一歳も齢が離れていないのに、私はいつも姉に遊んでもらいたくて、姉はいつだって私と遊んであげるというスタンスでいた。一緒に遊ぶことに、姉は見返りを要求した。新しい綺麗なお人形を使う権利とか、切り分けられたケーキを先に取る権利とか、週末のお出かけ先を選ぶ権利とか。私は姉と遊ぶごとに、どんどん権利のない子供になっていったけど、それでも彼女と遊べることは嬉しかった。一歳も齢が離れていないのに、姉は私よりもずっと大人で、洗練されていて、賢く思えた。

ときどき、すごく残酷なことをされた。姉が投げた矢じりのように鋭い石で切った額には、今も傷が残る。寝癖で撥ねる前髪を直すたび、私は石を投げる瞬間の姉の笑顔を思い出す。階段で背中を押されて転んだときの傷は左の手のひらに。右足の裏に残る小さな黒い点々は、画びょうを踏まされたときのもの。砂場の砂を食べさせられたとか、バッタを素手で分解させられたとか、目に見える傷は残らなくても、忘れられない嫌な思い出もたくさんある。

姉の残酷さに理由はなかった。姉はふと目についた石を投げて、ふと思いついたようにそこに生えている草を食べろと命じた。私に腹を立てるような出来事があったわけでも、私のことが嫌いだったわけでもない、と思う。ただ姉は、人が痛がったり苦しんだり嫌がったりするのを見ることが好きだったのだ。

それでいて、姉は優しさや献身を示すこともあった。暇さえあれば私を転ばせようと足を引っかけてくるくせに、私が姉とは無関係の理由で、ただひとり転んで怪我をしたときなんかは、手厚く保護して慰めてくれた。傷にばんそうこうを貼り、痛みの消えるおまじないを唱えて、私の涙が引くまで頭を撫でてくれた。姉は優しさを振るうことや、人から感謝されることも好きだった。

年子の妹という立場から、私は姉の残酷さや優しさにいつもさらされ、振り回されていたけれど、姉は両親の前では無邪気な良い子だった。その無邪気さで両親を操っているようなところもあったけれど、それだって、別に深刻になるような状況ではなかった、と思う。

　私たちはごく一般的な、害のない家族だった。姉が外の世界に出ていくまでは。

　ターミナル駅周辺のいくつかのビルに、私と姉の好きなショップがまとまって入っている。だから、一緒に買い物をするとなると目的地は大体決まっている。姉は昼前に起きてきた。母の作ったお昼ご飯を食べてから、出かけることにする。

　家を出る前に、父が一万円札をくれた。私たちふたりに、お小遣い。父は基本的に私たちに甘く、声を荒らげて怒られたことは一度もない。

「今日は絶対リップを買うんだ」

　家から最寄り駅までの道、カーディガンの長い裾をひらめかせながら、姉は歌うように言った。

　良く晴れた、気持ちの良い午後だった。連日の平均より気温も高い。姉が着ているカーディガンも、レースの付いたトップスも、膝上（ひざうえ）二十センチのミニスカートも、すべて私たちがお小遣いを出し合って一緒に買った春物だ。私たちはほとんどの服や靴をシェアし合っている。本当は、私も今日はその白いレースのブラウスを着たかったのだけれど、着たい服が被（かぶ）ったときにはなんとなく姉にその権利を譲ってしまうというのが、私の中に染みついた奴隷根性だった。

「じゃあ、先にそっちからまわろうか」

「うん」

跳ねるように歩く姉の後ろを、私は色々な種類の気持ちを抱えながら歩く。

電車を乗り継ぎ、駅前に出た。コスメショップの集まるビルの地下へ、並んで足を向けた。姉は複数の店舗でリップを手に取っては戻し、テスターを試しては私に意見を求め、たまに近づいてくる愛想のいい店員さんとにこにこ話をしていた。

姉は大抵、何でも私よりも似合う。そのことに悩んだ時期もあったけれど、今はもうすっかり自分の中で折り合いをつけた。私は少しでも自分に似合う、自分が好きだと思うものを探しながら、姉の後ろをついてきらきらした売り場を歩いた。

春に多く出るパステルカラーより、本当は秋色の方が好きだ。でも、私が何かを選ぶ基準に今、私自身の好みの他に、ヨシくんがいる。ヨシくんは何色が好きだろう。なんとなく、いつもより明るめのチークやリップに目が留まる。ガラスの飾りのついた透明なケースが可愛いあそこのラインは、高校生でもぎりぎり手が届く値段設定のはず。ちょっと、お姉ちゃんに相談してみようか。

ふと視線を上げると、ちょうど姉の手が、肩から下げた小さなショルダーバッグに隠れるところだった。その手のひらが、なにか小さな箱のようなものをつかんでいたのを見た。バッグから再び現れた手のひらは空。普段通りのにこやかな顔のまま、姉の視線がさっと周囲に走るのを、見た。それで私にはわかった。あいつ、またやった。

綺麗なあれこれを眺めて上がっていた気持ちが、一気に冷えた。私はちょっとしためまいを覚えながら、足早に姉に近づいた。艶やかな髪をかけたその耳元にささやく。なかなかに、勇気が要った。

「お姉ちゃん、盗ったでしょ」

姉は慌てた様子もなく、笑顔を崩すこともなく、横目で私を見た。

「バレちゃった？　見逃して」

「駄目だって」

「いいでしょ」

「いや、駄目」

私はさっきの姉と同じように、視線だけを走らせて周りをうかがう。姉が盗った瞬間を見たのは、私だけみたいだ。他の客は皆商品に夢中で、今、この位置から見える範囲に店員はいない。

「ねえ、なんなの。いいじゃん、面倒くさいな」

姉は笑顔を保ったまま、けれど、普段よりも声のトーンを数段落として、いかにもうんざりしたような視線を私に向ける。私は姉の、この種類の目がすごく苦手だ。絶対にこっちが正しいことを言っていると頭ではわかっていても、どうしようもなく馬鹿で愚かな発言をしてしまったような気にさせられる。私は姉の肘(ひじ)をそっとつかんで、できるだけ落ち着いた声で言った。

「買えばいいでしょ。お父さんからお小遣い貰ったんだし」

「えー」

姉は白けたように笑顔を消す。このパターンも、すごく苦手。このまま姉がどんどんイライラした雰囲気を出してきたりしたら、私は折れて引き下がるかもしれない。というか、引き下がった方が楽なのだ、本当は。どうして私がこんな嫌な思いをしながら姉の万引きを止めてあげなきゃいけないの。姉の罪が今さらひとつ増えようが、コスメショップの売り上げがダメージを受けようが、私にはぜんぜん関係ない。黙って見なかったことにして、機嫌の良い姉と買い物を続けた方がずっと楽。

実際私は、姉の罪を見て見ぬふりでやり過ごしたことが何度もある。そのたびに、どんどん自分が嫌いになった。

「ほら、買うよ」

勇気を出して、というより、またそんな苦い思いをさせられるのが嫌で、私は粘った。正直ここ数年は、もう自分を嫌いになろうがどうしようがどうでもいいや、という気持ちの方が強かったのだけれど、今は違った。今の私にはついさっきまでヨシくんの好きな色のことを考えていたものすごく清廉な気持ちが残っていて、そのクリーンさを汚されるのが嫌だった。死ぬほど嫌だった。

「あー。いいや。じゃあいらない」

姉は平坦な声でそう言うと、バッグに手を突っ込んで、つかみ出した物を無造作に投げた。床に落ちたそれは、黒いケースが大人っぽいリップオイル。モデルの女の子がネットで紹介していたのをつい最近見た。

姉は挑むように私を見た。床に転がる箱を、お前が拾えとその目が言っている。くそムカつく、と思いながらも、私はせめてものプライドとしてノータイムで拾いに行った。置いてあった棚を探すのに少し手間取った。しかるべきところに戻して振り返ると、姉はもう店の外に出ていて、こちらに背を向け歩いていくところだった。

私はそれを追いかける。

なぜ追いかけるんだ？　と思う。

平気で盗みを働いて、とがめられると拗ねて逆ギレ。そんな女を、どうして私は追いかけるんだろう。それはやっぱり、どうしても、姉のことが怖いから、だろうか。

姉がこのままどこか遠くに行って二度と戻ってこないなら良い。そうわかっていたら、私は絶対に姉のことを追いかけたりしない。きっと笑顔で見送れるはず。さよなら、お姉ちゃん。バイバーイ。

でも姉は戻ってくる。私たちの家へ。私もあの家へ帰らなくてはいけない。他に帰る場所なんてないのだ。だから、私に腹を立てている姉を野放しにして見失ってしまっては、私はまた家で姉と顔を合わせるそのときまでびくびくと怯え続けることになる。

私は早足で店を出た。長袖のシャツの下に、少し汗をかく。

姉を二度と戻ってこられない遠くに追いやる。その未来を考えながら、深く、大きく息をする。


姉の機嫌は、わりとすぐに直った。

とはいえ機嫌が直ってすぐの姉は残酷なことを思いつきやすい状態にあるから、私は気を抜かずに姉に接した。洋服を見て回って、タルトのお店で休憩して、ゲームセンターでプリクラを撮った。見るお店も入るカフェもプリントするショットもすべて姉のチョイスに従った。ぜんぜんそれでいい。そんなことで平和が保たれるなら些末な選択権はぜんぶ姉に譲る。プリクラに写る私が半目でキモいくらいぜんぜん構わない。どうぞどうぞ。

ゲームセンターを出たタイミングで、姉のスマホに着信が入った。表示された画面を見て、姉はすぐにはーい、と甘い声で出た。姉が話している間、私は入り口すぐのクレーンゲームの中の虚ろな顔をしたぬいぐるみと目を合わせていた。

「ごめん、麻友ちゃん。ショウくんが近くにいるから、そっち行くね」

電話を切った姉が、嬉しそうに両手を合わせて言った。

ショウくん、と聞いて、すぐには誰のことかわからなかった。まず頭に浮かんだのが、小学校のときの同級生の、ショウくん。今朝の夢の中でも姉が嘲笑っていたショウくん。でも、彼のはずがない。彼は遠くの県に引っ越していった。それに、姉が彼からの電話で嬉しそうに甘い声を出すなんて、あり得ない話。それで、ああ、そういえば姉の年上の彼氏がそれっぽい名前だったと思い出した。ショウタだったか、ショウゴだったか、そんな感じの。

「えー、しょうがないな」

「ごめんね。バイバーイ」

一応はがっかりした風を装った私に、姉は悪く思っている風をぜんぜん装わずに手を振って、去っていった。綺麗な髪と、カーディガンの裾が歩調に合わせて左右に揺れていた。私もあのカーディガンが着たかったな、と今さら思う。

お勤めご苦労様、と頭の中で自分に向かって囁いた。どうしようか。ひとりになって、どこに行こうか。どこにでも行ける。

私は最初に行ったお店に戻って、明るい色のリップをひとつだけ買った。それから本屋に寄って、スタバに寄って、飲んでみたかった限定のフラペチーノを買った。甘酸っぱくて美味しいそれをふらふらと歩きながら飲んで、空いている電車で帰ることにした。

ずっと良い気分だった。ひとりでいるって、良い気分。

それなのに、駅から家までの帰り道で、ショウくんのことを思い出してしまった。姉の彼氏のイケメンのショウくんではなくて、小学校の同級生だった気弱なショウくん。どうして彼のことを思い出してしまったかといえば、ひとつの十字路が目前に迫っているせいだった。帰り道で、いつも通る十字路。そこを直進すれば直ぐに家。右手に折れれば私たちの卒業した小学校がある。左手に折れると、小さな公園に行きつく。私はその公園が嫌いだ。あの公園には、エピソードがある。

私たちはずっとこの町で育ってきた。だからこの町のいたるところに色々なエピソードを思い起こさせる場所があって、そこから逃れるなんて、ほとんど不可能。

小学校の三年生か、四年生か、それくらいだった。そのとき私はあの公園で、たぶん、ひとりで遊んでいた。どうしてひとりでいたのかとか、何をして遊んでいたのかとか、天気とか、時間とか、そういうディテールは覚えていない。ただ、そのとき私は姉とお揃(そろ)いの、濃紺の半袖のブラウスを着ていたので、夏だった、と思う。レースの付いた袖から伸びた腕を突然、後ろから摑まれた。

振り向くと、知らないおばさんが立っていた。

彼女の顔や髪型はやっぱり覚えていない。記憶にあるのは、そのおばさんがとてもたくさん汗をかいていた、ということ。濡(ぬ)れて光る顔の中の二つの目が、真っ直ぐに私の顔を見つめていた。

——ショウくんはね。

おばさんが口を開いた。でも、私はその言葉をほとんど聞いていなかった。私の意識の大部分は、摑まれた右腕に向いていた。おばさんの握力は、大人が子供の腕を取るときの常識的な力加減を大きく超えていて、私はそれが怖かった。おばさんの五本の指が、骨にまで届くくらいの異常な力で腕を締め付けている。ちぎれる、と思った。

——外に出られないの。あなたのお姉ちゃんのせいで。

おばさんの顔が、奇妙に歪(ゆが)んだ。唇の隙間から、食いしばった下の歯の並びが見えた。

それからどうなったのか、まったく思い出せない。とにかく腕はちぎれなかった。私はおばさんをまくかどうにかして、家に帰ったんだと思う。おばさんに言われた言葉はずっと頭の中で鳴り響いていたけれど、その意味はよくわからなかった。ただ、「あなたのお姉ちゃんのせいで」という部分だけは、よく理解できた。私が恐ろしいおばさんに腕を摑まれたのは、姉のせいだということ。

後に人から聞いた話なんかを繫ぎ合わせて、おばさんは姉が当時学校でいじめ倒していた、赤面症のショウくんの母親だったと知った。私はそのとき姉の隣のクラスで、あまた姉が気弱な誰かをいじめているな、という認識はぼんやりと持っていたように思うけれど、それがどこの誰でどんな性格のどんな家庭環境の子で、なんていう詳細は知る由もなかったし、興味もなかった。その子が姉からのいじめにより幼い精神に深い傷を負ったとか、学校に来られなくなったとか、部屋からも家からも出られなくなったとか、そのことが彼を心の底から愛していた彼の母親、もともとあまり心身が丈夫でなかった母親にも深刻なダメージを与えたとか、そういうことは、ぜんぜん。

ぜんぶを知ったとき、色々なことが怖かった。

まず、姉が世界に与える影響力に、私は怯えた。その頃の私にとって、姉はせいぜい「いじわるなお姉ちゃん」という程度の位置付けだった。幼稚園に上がって、小学校に上がって、姉は妹である私だけではなく、外の世界の子供たちにも女王のような振る舞いをするようになっていたけれど、そのことについて深く考えたことはなかった。私は姉にいじめられることにすっかり慣れていて、姉の悪意に鈍感になっていた。姉は「いじわるだけどときどきは優しくて綺麗で賢いお姉ちゃん」だと信じていた。だから私はそのとき初めて、姉とはもっと深刻で、世界にとってネガティブな存在だと知ったのだ。

それに加えて恐ろしかったのは、そんな平和な世界の敵である姉の、私は身内なのだということ。

ショウくんの母親は、私が「姉の妹」であるというだけで、私の腕を摑んだ。私はショウくんの顔も、苗字すら知らない。彼に降りかかった不幸にはまったくの無関係だったのに。

八つ当たりじゃん、ふざけんなおばさん、と切り捨てるには、あのときのおばさんの目は有無を言わせない圧力があって怖すぎた。おばさんは何の理屈も受け付けずに、ただ私を殺したがっているように見えた。姉の妹も両親も友人も、姉に関わるものはみな地獄に落としたいと思っているような目だった。

外から見れば、私と姉は同じチーム。家族、姉妹というチーム。姉の悪事について、私は理不尽にも責任を求められ得る立場にいる。今後の人生でも、私は姉のせいで見ず知らずの人に憎まれ、恨まれることがあるかもしれない。あるとしか思えない。

いつもの十字路にさしかかっただけで、トラウマや諸々(もろもろ)の恐怖と不安があっさり蘇(よみがえ)る。そんな自分が気の毒になる。姉はたぶん、小学生のときにいじめていたショウくんのことなんてまったく記憶にない。でなければ、あんなに真っ直ぐに幸福そうに、好きな人を同じ名前で呼べるはずがないもの。

昼休み、絵莉とお弁当を食べていると、クラス委員の渚が近づいてきた。

渚はランチパックのピーナッツサンドを齧りながら、私たちの机の横で立ち止まり、唐突に言った。

「麻友って部活やってないよね」

渚は小柄なのに声がものすごく大きくて、なんかちょっと馬鹿っぽい雰囲気なのに勉強も運動もものすごくできたりするタイプの女子。「うん」と、私は特に考えず答えた。入学してすぐ、姉が「麻友と同じ部活にはいる」と言い出したので、私はすべての部活動にはいることをあきらめた。

「じゃあさ、球技大会の実行委員やって」

「え、いやだ」

「なんで」

「面倒くさい」

渚はもぐもぐ口を動かしながら、椅子に座る私を見下ろして鼻からため息をついた。

彼女はほとんどいつもなにかを食べている。なのにとても細い。小学生の男の子みたいな細さだ。たぶん、消費しているカロリーの量がすごいのだと思う。毎日真剣に生きているタイプだから。

「ぜんぜん面倒くさくないって。一か月ちょいくらいで終わるし」

「そうなの？　ていうか、球技大会っていつだっけ？　去年もやってた？」

「毎年やってる」

「麻友は去年卓球で参加してたよ。私と一緒に秒で負けたじゃん」

去年も同じクラスだった絵莉がそう教えてくれた。なんとなく覚えているような、いないような。去年の一学期は、結局姉と同じ高校に入ってしまったという現実に耐えるのに精いっぱいで、学校行事をエンジョイする余裕なんてなかったから。

「ほら、そういうさ、いまいち記憶にも残んない、緩やかなイベントなんだよ、球技大会って。だから実行委員も適当にやっても誰も文句言わないから。頼むよ」

「うーん……誰かやりたい人いないの？」

「いないんだよそれが。ていうか先週誰かいませんかーってホームルームで聞いたの、麻友、それすら覚えてないでしょ」

「え……うん。ごめん」

渚はまた大きくひと口、パンに齧り付く。

引き受けてもいいかな、という気持ちがなくはなかった。渚、困っているようだし。快諾できない理由としては、やっぱり姉だ。そんな偶然ないとは思うけれど、姉も同じ実行委員になっていたりしたら死ねる。姉と関わってしまう可能性を徹底的に排除するなら、学年全体でやるような行事では、ちょっとでも目立つ役割は避けておいた方がいい。

「あーあとね、男子の実行委員はヨシくんやってくれることになったんだよね。麻友わりと仲良いじゃん？　仲良いひととやった方がいいと思うんだよね」

「あ、じゃあやる」

私より先に、絵莉がそう答えた。

「え？　あ、そうなの？」

「うん。麻友はね、やるんだよね。ヨシくんとなら」

「へー。そうなんだ。なんだ、そうなんだ」

渚はほっぺたを膨らませたまま、いかにも嬉しそうに目を細めた。私は口の軽い絵莉を睨みながら、でも、一応素直に「うん」と答えた。

「じゃあむしろ感謝してよ。他の女に頼まなかった私にさあ」

「……ありがとう」

「どういたしまして。あのね、今日の放課後一回目の集まりだから、よろしく」

「え、今日？　いきなり？」

「そう。いや、私も今朝思い出して焦ったんだわ。南校舎の委員会室ね。頑張って、色々。……めちゃくちゃ応援するから」

パンを飲み込み、歯切れよくそう言うと、渚は軽い足取りで去っていった。その背中を見送って視線を前に戻すと、絵莉が得意顔で微笑んでいた。

「渚にバレたじゃん」

私は机の下、つま先で絵莉の足を小突いた。

「渚ならいいじゃん。ていうか、そろそろ周りにもアピールしておく段階だと思ったんだって」

外堀を埋めていくの、と、絵莉はなんだかちょっと玄人っぽい物言いをする。納得するのは癪だったけど、絵莉が言うならそんな気もする。渚はゴシップをべらべら喋るタイプじゃないし、仲間にしておくと心強いかも、と、私もちょっと策略家みたいなことを考える。

ただやっぱり、また姉のことがしつこく頭を過った。ヨシくんにもっときちんと意識してもらうために周りを固めていくのはいい。ただ、うっかり情報を広めすぎて姉に知られるようなことがあれば、その時点でゲームオーバーになる。絵莉は姉の存在を知らないから、そんなルールも知らなくて当然なんだけど。

でも正直、今の私もいまいち危機感に欠けてるな、というのは自覚していた。嬉しくて、楽しみで。ヨシくんと一緒の委員会！

姉は一組だ。文系クラス。

私も姉がいなかったら、たぶん文系を選択していたと思う。数学や生物は嫌いではないのだけれど、化学が苦手。でも、今のところこれといった将来の目標があるわけでもないから、苦手教科を頑張るくらいのことは、姉と同じクラスになってしまう可能性を考えれば耐えられる。

中学までは、姉妹同士が同じクラスにならないように学校側が配慮してくれていた。双子や同学年になる年子は別々のクラスに、というのは、生徒を個として扱うためとか、家庭と学校では空気を変えた方が良いとかいう理由から、通例になっている学校がほとんどだと聞いた。でも、高校からはそういう精神的な配慮よりも、文理や専攻等の進路のための選択が優先される。うちの学校では、女子クラスや男子クラスも作られたりするから、同じ文系を選んでしまったら、どんな確率でもって姉と同じクラスになるかわかったものじゃない。

まあ、高三の専攻希望提出までに姉を殺せたら、そこで文転するという選択肢も得られる。どんな選択肢だって選べる。どこに進んでも姉のいない世界になるのだから。

素晴らしい未来の想像に一瞬うっとりしたけれど、恐ろしい現実の扉がもう目の前に迫っていた。南校舎三階の委員会室。この扉の向こうに姉がいたら、死。

「どうかした？」

扉の前で急に立ち止まった私に、ヨシくんが斜め後ろから声をかけた。

「いや……委員会って初めてだから、ちょっと緊張して」

「マジか。麻友さん緊張しないタイプかと思ってた」

「うーん……そこそこかな」

「俺緊張しないことだけは自信あるから、任せて」

ヨシくんはスッと前に出て、扉に手を掛けた。

世界一優しくて素晴らしく頼りがいがあってかっこいいヨシくんに感動するのに気を取られているうちに、容赦なく扉は開かれた。私は身体を半分ヨシくんの陰に隠して、一瞬で教室の中を見渡した。こういう素敵の目線の動かし方が、私はたぶん同世代の女の子たちより上手い。同世代の女の子たちって、あんまり素敵とかしないじゃないですか。

姉はいない、とすぐにわかった。教室の中、机は会議用にコの字形に並べられていて、私たちと同じようにクラスでの所用の済んだ生徒から集まり始めていた。半分ほどの席が埋まっている。開けた窓の向こうは、良いお天気。渚から伝えられた委員会開始時刻まで、あと十分弱。

「球技大会の人だよね?」

手前に座っていた、眼鏡をかけた短髪の男子生徒が私たちに気づいて声をかけた。ヨシくんが「はい」と答える。

「手前の端から一年の一組、二組って感じで席決まってるから、自分のクラスの場所に座って下さい。三年は俺ともう一人だけなんで、二年はその辺りかな」

彼の指し示した辺りにも、もうまばらに人が座っていた。ヨシくんに続いて机の列を抜ける。なんだかこの感じ、懐かしいな、と思った。学校行事にきちんと参加するのは、久しぶりだ。部活ともクラスでの活動とも違う、みんなそれほど熱心ではないけど、それなりに真面目な温度感の、少し独特な空気。すでにちょっと楽しい気分。今のところは、姉もいないし。

と、席に向かう途中で、見知った顔を見つけた。向こうも私に気づき、「あ」と声を上げた。それで、彼女を無視するわけにはいかなくなった。

「凛ちゃんの妹さん」

短い髪をきっちりと耳にかけた、なんとなく足の速そうな女子。いつかゴミ捨て場で、姉と一緒にいるところに出くわした。

私は「あー」と「わー」の間みたいな微妙な発声で応えつつ、取り急ぎ笑顔を作った。この子の名前はなんだったっけ。名前は聞いていなかったかもしれない。

「麻友ちゃんだっけ？　私、山本杏奈（やまもとあんな）。一組の」

「ああ、うん。そう」

その名前を記憶しながら、私は、この状況をどう捉えるべきか考えていた。

姉と同じクラスらしい彼女がここにいるということは、姉も同じ委員という最悪の事態は免れたということになる。それはとってもハッピー。やったー！　ただ、この山本さんがもし姉とものすごく仲が良い女子なのだとしたら、私はこの子との関わりも避けておきたい。というか、私が「姉の妹」であると知っている人間とは、できるだけ関わり合いたくない。

とか考えているそばから、「え、妹って、なに、倉石さんの？」と、山本さんの隣に座っていた色黒の男子が私を見上げた。

「そう。年子なんだって」

「へー。あ、どうも」

どうも、と軽く頭を下げながら、私はまたひとりその事実を知る人間が増えたことを苦々しく思う。この「どうも」が彼らと交わす最後の言葉になればいいと思った。それ以上なにか言われる前に、ヨシくんを促してその場を離れる。たどり着いた六組の席にヨシくんと並んで座った。ちょっと不自然な去り方だったかもしれないけれど、まあいい、もう関わらないひとたちだから。同じ委員会で完全に存在をシャットアウトするのは難しいかもしれないけれど、彼らとはビジネスライクに、適度によそよそしいドライな関係を保つことにしよう。

そして今気が付いたけれど、私、ヨシくんの隣の席に座るのは初めてだ。

朝一緒に登校するときと変わらない距離感なんだけれど、なんだかやたらと緊張する。でも、ぜんぜん嫌な緊張じゃない。これは、ものすごく良い緊張。

「顔見知りの人がいて、ちょっとよかったね」

「え？　うん、そうだね」

私は初めての委員会に緊張しているという体だったことを、ヨシくんのその優しい言葉で思い出す。張っていた気持ちが、ふっと緩んだ。

予定時刻を数分過ぎて、委員会は始まった。最初に話しかけてきた、三年の生徒会役員だという眼鏡の先輩が進行を務めたので、私たちは初めに自己紹介をした後は発言の必要もなく、スムーズに会は進んだ。ただ、三年は球技大会に参加しないので、この有能な先輩が場を仕切ってくれるのは初回限りとのこと。次回以降は二年がその役割を担うことになる。まとめ役となる、実行委員長を決めなくてはならない。

「誰か立候補する人はいますか？」

いないんじゃないかな、と勝手に思った。そういうのって、なんだか面倒くさそうだし。それと同時に、ヨシくんにやってほしいな、とも思った。皆の前に立って、物怖じも緊張もせず、でもぜんぜん押しつけがましくもない控えめさで場を取り仕切るヨシくんが見たい。そんなの見たら絶対に好きになってしまう。いや、すでに好きだけど、もっともっと好きになってしまう。というかそんなヨシくんなんて、この場にいる全員が好きになっちゃうんじゃないか？　それはちょっと困るんだけど。

「はい」

右から、真っ直ぐな声が上がった。そちらを見ると、声と同じくらいに真っ直ぐに、しなやかな手が挙がっていた。きっちりと髪をかけた耳と、真っ直ぐな背筋。なんとなく足の速そうな腕。一組の、山本杏奈。

「ああ、助かる。他にいないかな？　いなければ、決定だけど」

先輩の言葉に、彼女はすっと視線をこちらに向けた。目が合うと、彼女は私に、なんだかまるで友達みたいに、かすかにはにかんだ表情を作った。

数秒時間が取られたけれど、他に声を上げる人は誰もいなかった。先輩に促されて立ち上がり、彼女は皆に顔を向けた。

「山本です、よろしくお願いします。ちょっと頼りないかもしれないけど、身体動かすのは好きなので。楽しい大会にしたいなーと思ってます。えっと……よろしくお願いします」

山本杏奈は照れたように笑う。それはこの場にいる全員が、ちょっと彼女を好きになっちゃうような笑みだった。

『ほんと、知り合いいてよかったよ～。これからよろしくね。ていうか杏奈でいいよ！』

ピンク色のウサギが転げまわる、可愛さと愉快さのバランスが絶妙なスタンプ。私は帰宅の足を止めて、『よろしくね、杏奈』と返信を送った。少し考えて、黄色いヒヨコが次々降ってくる感情のわからないスタンプを送る。

実行委員になってよかったことは、ヨシくんとの距離がますます縮まったこと。これはなにものにも代えがたい素晴らしいことだ。なんと私は今日委員会の後、ヨシくんと一緒の電車で帰ってきた。まあ、ヨシくんは一駅で降りてしまうわけだけど、田舎(いなか)の一駅って結構長いから。今後も委員会のある日は一緒に帰ることになるしかない流れだ。素晴らしい。ブラボー。

悪かったことは――なんだろう。まだ、わからない。

悪いことなんてひとつもないかもしれない。私はきちんと委員会活動に精を出して、みんなの記憶にあんまり残らないながらもそれなりに楽しい球技大会の開催に貢献して、その経験を大学受験の面接のときにネタにする。なにも悪くない。でも、私の胸にはまだ実体のない、それ故に取り除くことも難しいもやもやが立ち込めている。

またスマホが震えた。見ると、杏奈から。ウサギが赤く染めた頬に両手をあてているキュートなスタンプ。可愛い。

私は山本杏奈と、なんとなく親しくなりつつある。そんなつもりぜんぜんなかったのに、こういう流れともいえないようななんとなくの空気って、どうにも抗(あらが)えない。その上あまり良くないことに、私は杏奈のことを、すでに少し気に入り始めている。ちょっと言葉を交わした程度で彼女のなにがわかったわけでもないのだけれど、馬が合う予感、というか。話し方や、話すスピードや、なんていうか、温度。仲良くなれそう、という感覚。ゴミ捨て場で最初に会ったときも思ったけれど、彼女はほんの少し、私の中学時代の同級生に似ている。

いや、嘘だ。

同級生なんかじゃない。

彼女は私の、元、親友に似ている。

そう認めた瞬間、すごく悲しい気持ちがこみあげてきて、私は手の中のスマホを固く握りしめた。親友、いや、元親友のことは、もう悲しい気持ちと一緒じゃないと思い出せないようになっている。それほどシンプルな感情でもないのだけれど、とにかく「悲しい」にカテゴライズされる種類の気持ちが、自動的に呼び起こされる脳になっている。

もし姉がいなかったら、と、もう何万回目になるかもわからない想像が頭を過った。もしまたあのときと同じことが起こったら、と、もう何万回目になるかもわからない不安で胸がつぶれる。委員会なんて、入るべきじゃなかったんじゃないか？

考えすぎかも、とも思う。まだ姉になにをされたわけでも、なにか言われたわけでもないのに。

杏奈は姉のことを親しげに「凜ちゃん」と呼んでいた。妹の私にも、ネガティブな感情を持たずに話しかけてきてくれた。姉は今のクラスで、まだ「悪い」という認識は持たれていないのだ。前に母が言った通り、姉も大人になりつつあり、もう昔ほどの悪さはなくなっている可能性だってあるじゃないか。

そう信じたがっている私に、そんなわけないじゃん、と、頭の中の冷静な私が憐れみのこもった声で言う。

家に帰ると、誰もいなかった。しんと静まり返ったリビングに、最後に残ったかすかな夕日が差していた。キッチンから、冷蔵庫の低い稼働音だけが聞こえる。誰もいない家って好き。最高に落ち着く。

私は制服のブレザーを脱いで、階段を上がった。二階の廊下へ上がってすぐの扉が、姉の部屋。玄関に靴がないことは確認していたけれど、念のためノックする。五秒待って、そっと扉を押し開けた。

正面に窓、その手前にベッド。リビングよりも赤の濃い夕日が床に伸びていた。お姉ちゃんの、部屋だ。家に誰もいないとき、私はたまにこうしてそっとここに侵入する。子供の頃は、なんというか、単なる好奇心だった。今は視察の意味が強い。自分が殺す相手のことは、なんでも知っておかないと。

　左手の壁を向いた勉強机の、揃いの椅子に腰かける。木のきしむ、高い音が鳴った。隣の部屋にいても聞こえる音。自分の部屋にいても、この音が聞こえると、ああ、姉が今日もそこにいる、とわかる。

　クローゼットの扉、背の低い本棚、ベッド、薄紫色のカーテン。ぼんやりと視線を巡らせていると、机脇のサイドテーブルに無造作に置かれた、小さな黒い箱が目に入った。見覚えのあるフォルム。すぐにわかった。こないだ姉が盗むところを止めた、リップオイル。

　手のひらにすっぽり収まる小さなそれを、私は手に取った。箱は綺麗な状態で、開封した跡は見られない。開けてみようかな、と思ったけれど、やめた。姉にバレたら面倒だ。すでにもう、面倒な気分だった。

　姉は結局、これをきちんと買ったのかもしれない。あるいは、誰かから貰ったのかも。恋人のショウくんから。もちろんそうかもしれない。でも私にはそう思えなかった。もしもこれを正しい手段で入手したのだとしたら、私に自慢しにくるはず。姉はやっぱりこれを盗んだのだ、と確信めいた思いがあった。私がどんなに勇気を出して姉を止めたって、正しい方向へ導こうとしたって、無駄だということ。姉は本質から悪い人間なのだ。無知や未熟さからくる悪さではない。姉は生まれながらに悪かった。これはきっと、誰かがどうにかしてあげられる種類の悪さじゃない。

幼い頃、姉を殺したいと思うことが怖かった。そんなことを考えること自体が恐ろしい罪だと思い、強い罪悪感に苦しんでいた。でも、中三の冬に、私は考えを変えた。あの冬、一日中降り続いた細かい雪が止んだ後の嘘みたいに綺麗な星空の下。私は姉を殺したいと思うことを自分に許すと決めた。

オッケーオッケー。しょうがないよ、だって死んでほしいんだもん。

私は酷い人間です。それでいいです。もう諦めました。家族を殺したいなんて考えない善良な人間でいることを諦めた。私は姉に死んでほしい。そんな邪悪な人間でいいです、ぜんぜん大丈夫です。

殺意を赦すことはなんだか毒に染まっていくような黒い気分になったけれど、笑えるくらい楽だった。イエーイ。私は自由だ。姉を殺したいと考える自由を手に入れた。

素晴らしい解放感と共に、もっと早く自由になっていたら、という後悔もあった。もっと早く自由になって、そして、きちんと姉を殺していたら。そしたら私は、大切な親友を失わずに済んだのに。

でも、と、私は姉の椅子から立ち上がる。カーテンの隙間から裏手の庭を見下ろす。その庭にも、もちろんエピソードがある。

後悔ばかりしていたって仕方ない。私にはこれからの未来があるのだから。

そして、慎重を期すのはもちろんだけど、より早く平穏を得るためには、早く済ませるにこしたことはないな、と思った。

3

畠山志保(はたけやましほ)は、大人しい女子だった。

中一のときに一度だけ、同じクラスになったことがある。癖の強い髪をいつもひとつに結んでいて、額には絶えずニキビがあって、こもった小さな声で話す、正直言えば、ちょっと冴えない子。いつも似たようなタイプの数人の女子と一緒にいて、関わる機会なんてほとんどなかったけれど、たまたま席が隣で同じ班になったときに、少しだけ喋る時期があった。

なにかの自習時間、ざわめく教室の中で、他愛(たわい)もない雑談をした。料理が好きだ、と彼女は言った。

「料理？　どんなの作るの？」

「いや、料理っていっても、お菓子とか、そんなのばっかだけど」

「お菓子作れるの、いいな」

「そんなにすごいものは作らないけど……ケーキとか、食べるのも好きだから、焼いたり」

私も料理は好きだった。といっても、母や姉が作るのを手伝うばかりで、自分ひとりでキッチンに立つことはほとんどなかった。母も姉も凝って作るのはメインディッシュが主だったから、きちんとしたお菓子作りには憧れに近い気持ちを抱いていた。

「そういうのって難しいよね？　なんか、専用の道具が要ったり」

「いや、ぜんぜんだよ。道具とか、わりと百均でも売ってたりするし、最近は炊飯器でできるレシピとかも、多いし」

畠山志保は囁くような小さな声で、最近作ったというチーズケーキのレシピを教えてくれた。私はその材料や手順を真剣にメモに取って、今度作ってみる、ありがとう、と言った。

十分にも満たない会話だったと思う。どうしてそんななにげない会話を覚えているかといえば、私はその週末、実際に彼女のレシピ通りにチーズケーキを作ったのだ。初めて作ったとは思えないくらい上手にできたそれを、家族皆と、親友にも振る舞った。

皆が美味しいと褒めてくれた。特に姉は「お店の味みたい」と絶賛して、「こんな美味しいケーキが作れる妹がいるなんて最高」と私を持ち上げた。

「クラスの子に簡単にできる方法聞いたから」

「えー、すごいねー、その子。ほんとに美味しい」

姉に喜ばれて、嬉しかった。それから私の中でお菓子作りがブームになって、色々と作った。中でも最初のチーズケーキは気に入って、何回か作った。ただ、教えてもらったレシピが上手くいったと、畠山志保に報告をしたかどうかは記憶にない。私ってけっこう不義理。彼女とは二年生になってクラスが分かれて、それからは一度も会話をしたことがない。

二年の半ばに、彼女は学校に来なくなった。姉にいじめられて。

畠山志保の髪の癖とか、額のニキビとか、おどおどした感じの喋り方を、姉はホラー系のエンターテインメントみたいに扱った。遠くから見て、キャーキャー騒いで、無理、キモい、と愉しく嗤う。そんな気分じゃないときには、いないものみたいに扱う。違うクラスだった私も、学校行事のときやなんかにその現場を見かけることがあった。家の中でも、姉は彼女のことを「クラスのキモいブス」と話題にのせて、母がたしなめるのも気に留めずに喜んでいた。

私は姉のいじめを積極的に止めたりしなかった。お姉ちゃんがいじめてるその子はとっても美味しいチーズケーキのレシピを教えてくれた子なんだけど、と打ち明けることもしなかった。どうして、と問われれば、その頃にはもう、私は姉の悪事を止めようとして失敗することを繰り返しすぎて厭きていたから。学習性無力感、というのかも。下手なことをして姉の反感を買えば家庭内での私の立場が危うくなるだけ。私は畠山志保を助けず、ただ彼女のレシピのチーズケーキを作っては姉に食わせ続けた。今思うとそれって、なんだか陰湿。

中三の冬、私はお菓子作りを一切止めた。それで彼女に関するいろいろも、すっかり記憶の彼方（かなた）に消えていたんだけど。

今、二回目の委員会に向かう途中の廊下ですれ違って、思い出した。畠山志保も同じ高校に来ていたんだ。

球技大会実行委員会、顔合わせ後の最初の会議。競技種目を決めることになった。去年はバレーボール、ソフトボール、サッカー、卓球をやったみたい。私はびっくりするくらい記憶にない。

「普通に去年と同じとかでもいいですよ」

顔合わせにはいなかった先生が、今回から顔を出していた。見覚えのない先生だ。一年で英語を教えているという、中肉中背で中年の、目立たない感じのひと。見た目から、球技はそんなに得意じゃなさそう。

「いえ、各クラスで希望種目のヒアリングをしてもらったので、そこからまとめたいと思います」

教卓の前に立った山本杏奈が、はきはきと答えた。

前回の顔合わせ後に委員会のライングループが出来て、そこで杏奈から、各々クラス内の希望をまとめて持ち寄ろうという提案があった。私は正直、ちょっとめんどくさいな、と思った。球技大会の種目がなにになるかなんて、この世で何番目かにどうでもいいテーマ。普通に去年と同じとかでいいのに。

でも私は、ライン上では真っ先に杏奈に賛同する姿勢を取った。それ最高だねそれがいいよそうしようそうしよう。円滑な人間関係を保つための処世術、みたいな意図がないでもなかったけれど、それよりもわりと純粋に杏奈を応援したいという気持ちがあった。球技大会はどうでもいいけれど、なんだか彼女はやる気があるみたいなので。なにかに一生懸命になれるひとって、ふつうに偉いなあと思うし、偉いひとのためならまあ面倒くささくらいは我慢してあげてもいいかな、くらいの。

「お、頼もしいな。じゃあ、あと進行は任せるから」

杏奈の言葉を聞いた先生は一瞬だけ虚を衝かれたような顔をしたけれど、すぐにちょっと楽しそうな笑顔になって頷いた。なんていうか、杏奈はそういうタイプなのだ。頑張っている姿がまわりをも楽しくさせるタイプ。

放課後、斜めから西日の差す南校舎の委員会室。二十数名の委員会メンバーの前に立って、杏奈が話し始める。一年の一組から順に希望の出た種目を挙げていって、集計する。杏奈と同じクラスの、高梨(たかなし)という男子が板書をやった。

「ドッジボール、人気だね」

少しして、隣に座ったヨシくんが囁くような声で話しかけてきた。

「そうだね」

「授業とかじゃあんまりやんないから、みんなやりたいのかな」

「そうかも。ヨシくんは好き？」

「うん。避けるの下手だけどね」

ヨシくんはドッジボールで避けるのが苦手。この世で何番目かに重要な情報を入手してしまって私は震えた。というか、ヨシくんの隣に座ってなにげない話をしている自分にまだ慣れなくて、左半身がそわそわして忙しい。黒板には次々に集計の正の字が並ぶ。ドッジボールが何票とか、サッカーが何票とか、どんな結果が出ても誰も血も涙も流すことのないゆるいテーマをみんなで見守る。

そのみんなの中に私とヨシくんがいる。世界って、こんなに平和でいいんだっけ？と、ちょっと夢の中みたいな、ぼんやりした気分になる。

ふと、今朝見た夢の内容を思い出した。

夢の中、私は畠山志保と共謀して、姉を殺そうとしていた。姉を恨んでいるはずの彼女に凶器を用意してもらって、アリバイの証人にもなってもらおうと考えたのだ。

途中までは、なかなかいい計画に思えた。私たちは共通の敵を倒すために協力しあう、利害関係の一致した良い相棒同士だった。ただ、いざ計画を実行に移す段になって、私の中にひとつの不安が芽生えた。畠山志保は、もしかして私を裏切るつもりじゃないかな、という。

彼女はもしかしたら、私のことだって敵と思っているんじゃないかな。妹でありながら姉を止めなかった私を。姉と同じ苗字と瞳をもつ私を。

凶器の受け渡しのため、私たちは校舎裏で落ち合った。

ケーキを切り分けるのに使うような、薄くて長い刃のナイフを差し出す畠山志保。その本心を疑った瞬間、彼女の顔が変わった。

私の、元親友に。

「では、この中から決めようと思います。上位四つにしちゃうと屋内競技に偏るから、できるだけ万遍なくという感じで……」

伏せていた視線を前に戻すと、真剣な目をした杏奈がいきいきと話をしている。こっそりため息をついて、私はもう終わった夢の映像を頭から閉め出した。協力者を募るなんて、ぜんぜん駄目。そこから情報が漏れる可能性があると思うだけで不安になりそうで、平和で安心な未来のための姉殺しという目標がブレる。誰にも気づかれずひとりでやるのは絶対だ。他人と組む夢を見るなんて、ちょっとふぬけてるんじゃない？

「他に、なにか案がある人いますか？」

「はい」

　隣でヨシくんがすっと手を上げて、私は自分がまだぼんやりしていたことに気が付いた。せっかくヨシくんがなにか意見を出そうとしているのに、テーマの詳細部分を聞き逃した。殺したい姉がいるせいで。

「あんまり運動が得意じゃないひととかのために、卓球は残した方がいいと思います。そんなに体力のない初心者同士でも楽しめる感じがするし、怪我する可能性も低そうだし」

「確かに……でもそれだと、上位のバレーボールとドッジボールと、屋内競技に偏っちゃうのが」

「ドッジボールは外でもできるんじゃないですかね？　グラウンドに線引かなきゃいけないけど」

「あ、できますね」

　ヨシくんに続いて、皆がちらほらと意見を出し合う。自分とは大して関係のないクラスメイトや、運動の苦手なひとたち、のために。

　世界って、いい人だらけだな、と思う。私、姉がいない世界って大好き。

　帰りにマックに寄っていくことになった。私と杏奈、ヨシくんと高梨くんの四人で。

「お腹空きすぎて死にそうだから付き合って」と杏奈が声をかけてくれたのだ。ヨシくんと学校の外でお食事なんて、初めてのことだ。これはもう実質ダブルデートととらえても良いような気がする。学校最寄りのマックまで十五分弱の道のりを、私はずっとふわふわの足取りで歩いた。店についたとき、そこに姉がいないかどうかの索敵はもちろん怠らなかったけど。

「山さんて、めちゃくちゃ食うよなあ」

注文から戻ってきた杏奈の山盛りのトレーを見て、高梨くんが言った。

「うん、めっちゃ食べるよ。食べ物ならなんでも好きだし、ポテトとかたぶん無限に食べられる」

「いいなあ。俺、中学のときと比べると胃弱くなったわ」

「まだ若いのに、そんなんでどうするの」

ふたりのやりとりを聞いていて、ふと思った。

「杏奈って、クラスだと山さんなの？」

「あ、それ、俺も思った」

隣に座ったヨシくんが言う。以心伝心！

「あーそうだね、いつのまにか山さんだよね」

「ねー、いつのまにか。私はもっと可愛いあだ名がいいんだけどな。あ、でも凜ちゃんとかその辺の子は、杏ちゃんって呼んでくれてる。みんな見習ってよ」

凜ちゃん、の名前を聞いて、私は自分のミスに思い至った。杏奈と高梨くんは姉と同じ一組。その名前の出る可能性が一ミリでもあるクラスでの話題を自分から振るなんて、どういうつもりなの。ていうかそもそも、私はなんで彼らと呑気にマックになんて来ちゃってるの。いや、それはもちろん一緒に来たかったからなんだけど、つい先週顔合わせのときには、こいつらとは今後できるだけ関わらないようにしようと決めたつもりだったのに。

「ヨシくんは、どこでもヨシくんだよね」

全力の笑みを向けながら、私は彼に話を逸らす。

「そうだね、昔っからヨシくんだなあ」

「ああ、そういえば倉石さんって、うちのクラスの倉石さんと姉妹なんだよね。だいぶ雰囲気違うから忘れそうになるけど」

姉の名前を聞き逃さなかった高梨くんが最悪な方向へ話を向ける。

「ね、お姉さんてさ、家だとどんな感じ？」

高梨、この野郎、と思いながら、私は「えー普通じゃないかな」と、中身のない答えを返した。でも、ちょっと考えて、「逆に学校ではどんな感じ？」と尋ねた。姉の話題に乗ることは嫌だったけど、そこは純粋に興味があった。高校生になった姉が、クラスメイトたちにどんなふうに評価されているのか。

「クラスでは……そうだな。もうなんていうか、アイドル？」

「だね」

「ちょっと天然のアイドルっていうか、なんだろう。プリンセス的な？」

「プリンセスって」

その言葉のチョイスが可笑しくて、少し笑った。そんな単語が出てくるような姉の振る舞いが、なんとなく想像ついた。中学のときは、女王、だったけど。

「きょうだいと同じ学年って想像つかないな」

ヨシくんが言った。

「俺、妹と弟がいるけど、学校での自分見られるのってちょっと照れくさいっていうか」

ヨシくんの下に弟妹がいることは、彼に興味を持ってだいぶ早い段階で調査済み。ヨシくんが兄、なんていう幸運のもとに生まれたその子たちが、ものすごくうらやましい。

「実際さ、仲いいの？　姉妹って」

ハンバーガーに齧り付きながら言う高梨くんの無邪気な質問に、私は心を無にして笑いながら「たぶん、いい方じゃないかな」と答えた。「へー！」と、高梨くんは大げさに感嘆してみせる。

「うちじゃ考えらんないなー、仲良しで、同じ学校なんて。俺、一個上に兄貴がいるんだけどさ、家でも学校でも顔合わせるなんてなったら、殺し合いになりそう」

「仲悪いの？」

「めちゃくちゃ悪い。基本喋んないし、もう存在が無理、みたいな」

へえ、そっか、と応えながら、高梨くんはでも、そんなふうに言えるってことは、実際にお兄さんを殺す計画を立てたりはしてないんだな、と思った。こんなふうに、自分が兄に殺意を抱く動機があると、周りに気楽にバラしてしまうなんて。万が一にでも自分が兄を本当に殺すことになる可能性について、考えたことがないからだ。自分が容疑者になる未来を想定していない。姉を殺すと決めた日から、私は誰にも姉の悪口を言わない。お姉ちゃんと仲良しな私がお姉ちゃんを殺すわけがないんだよ、という広報活動。

「私ひとりっ子だから、そういうのもぜんぶうらやましいな」

杏奈が呟いた。そこで唐突にヨシくんが、あーあ、と声を上げて伸びをした。

「いや、でもさ、とにかく無事決まって良かったね、種目」

「ん？　ああ、そうだね」

「なにに参加しようかな。迷うな」

ヨシくんはのんびりとした口調で、決まった種目ひとつひとつを口にした。バレー、卓球、ドッジボールに、フットサル。

私はヨシくんを横目で眺めた。いつもと同じ、穏やかなヨシくん。

今なんだか、ヨシくんがきょうだいの話題を意図的に終わらせたような気がした。気のせいかな。もしかして、私がその話題を続けるのを嫌がっているのをなんとなく察して助けてくれた、なんて、そうだったら超素敵という私の願望に過ぎないだろうか。

「私は全部に出たい」

弾む声で話す杏奈のトレーから、勝手にポテトを齧った。じわっと平和の味がした。


家に帰ると、母がいた。時計を見ると、まだ六時過ぎ。いつもの母の帰宅時間より早い。父も、姉もまだだった。

「どうしたの、早いね」

そう尋ねながら、まだ明るい家に母がいる、という状況を嬉しく思っていることを自覚する。私は、世の中の多くの子供たちと同じで、基本的にお母さんが好き。

「うん、ちょっと頭痛くて早退して来ちゃった。もうすっかり治ったから、ズル休みって感じ」

ソファに深く腰掛けて、眠たそうに母は言った。お母さんがちょっと頭が痛いくらいで仕事を休んだりしないことは知ってる。母はひどい頭痛持ちで、たまに寝込んでつらそうにしてる。きっと今日も、薬を飲んだくらいじゃ効かないくらいに重い頭痛があったんだ。

「さて。ご飯の支度でもしようかな。お腹空いたでしょ」

「うん。でも、まだそこまでぺこぺこでもないかも。マック寄ってきたから」

「あら、お友達と？」

「うん。……委員会の子たちと」

「え、麻友、委員会なんて入ってたの？　なに委員？」

「こないだ入ったの。球技大会の実行委員、押しつけられちゃって」

「へーえ、いいなあ楽しそう。球技大会なんてあるんだ。え、お母さん見に行ってもいいやつ？」

「絶対駄目なやつだよ。運動会じゃないんだから」

「こっそり見るから」

「だーめ。やだ、絶対やめてよ」

キッチンに立ちながら、母は「えー見たいなあ」と笑う。ブレザーを脱いで、私も母に続いた。委員会に入ったことは、別に言っても大丈夫なやつだよな、と考えながら。だって、きっといずれ杏奈や高梨くんから姉に伝わることになるだろうし、地味でぱっとしない委員会を押しつけられたエピソードなんて、そこまで姉の関心を引かないだろうし。

「麻友がそういう行事にちゃんと参加するのって、ちょっと意外だったな。いいね、青春って感じ」

冷蔵庫を覗きながら、母は嬉しそうに続ける。

「夜ご飯、ちょっと豪華にしよっか」

「いや、なんでよ」

「麻友が委員会頑張ってる祝いで」

「やめて」

母があまりに喜ぶので、私もちょっと笑う。こんなに喜ばれるなんて、もしかして少し、姉の反感を買わない対策としての無気力演技がいきすぎていたかもしれない。家の中では、私は姉よりもずっと不幸なんだとアピールしていた方が安全なのだ。けれど母は、それを心配に思っていたのかも。

「よし、じゃあオムライスにでもしようかな」

オムライスは、私の好物。

手を洗って、タマネギを切った。隣で鶏肉の下拵えをする母から、委員会や球技大会のことをいろいろ聞かれた。どんな役割をするのか、どんな競技をやるのか、今日一緒にマックに行ったのはどんな子たちなのか。学校でのことをあれこれ話すなんて、小学生じゃないんだから、と思いつつ、母とふたりで喋るのは久しぶりで悪くない気分だった。なんだか平和、みたいな気分。もし私がひとりっ子だったらこの平和が本物だったりしたのかな。杏奈みたいに。

玄関の開く音がした。「ただいまあ」と、明るく弾む声が続く。

プリンセスが帰ってきたので、平和はおしまい。

お風呂上がり、ソファでアイスを食べていた。新発売の、ダイエットストロベリーソーダアイス。ローカロリーを売りにしてるのに、ちゃんとイチゴの味がして、すごく美味しい。

幸せな気分のまま、ヨシくんからラインなんて来ていたりしないかな、とスマホを手に取った。ちょっと前には課題の色々について尋ねるという名目で私からメッセージを送って、数ターンやり取りが続いたりもしていたのだけれど、今は途絶えてしまった。連続で送ってうざがられたりしたら嫌だから、こちらから送るのは我慢していたけど、でも、そろそろいいかしら？　私たちってもう一緒にご飯を食べたりもする仲なんだし？

ヨシくんとのトーク画面を開きかけたとき、背後に気配を感じた。振り向くと、姉。

「そのアイスすごい不味（まず）くない？」

良い気分が一瞬で蒸発する。「まあ普通」と答えながら、姉を殺すときはこのアイスに与えられた屈辱も清算しなきゃ、と思う。

「ねえ麻友ちゃん、お母さんから聞いたんだけど。球技大会、実行委員なんてやってるの？」

「あ……、うん。押しつけられて」

「あの山本杏奈とかとでしょ。かわいそう」

姉がすぐ隣に座った。そちら側にソファのクッションが沈んで、せっかく居心地良く座っていたバランスが崩される。イラッとした。近すぎる位置に座る姉にも、数時間と経たずに私との話を姉に漏らす母にも。

「ねーすごいめんどくさいんだけど球技大会とか。麻友の権限で中止にして」

「無理に決まってるでしょ」

「うちのクラス、実行委員がすごい張り切っててうざいんだ。私あの子のしゃしゃり方がほんとに無理なんだよね。なんか無駄に元気な感じが気持ち悪くて。ただでさえめんどくさい行事なのに、つらいよー」

姉はリモコンでテレビをつけると、膝を抱えて私の腕に頭を押し付けるようにもたれかかってきた。頭、なんて急所を私の目の前にこんな無防備に差し出すなんて、ずいぶん余裕。姉が杏奈について話すことに一瞬動揺したけれど、その邪悪な脳の詰まった頭を見て、冷静になる。

「さぼっちゃったら」

私は映し出されたテレビ画面をぼんやり眺めながら言った。ちょうど歌番組が終わるところで、すぐにコマーシャルに入る。綺麗な顔をした女の子が、明るい音楽に合わせてなにか小さくて可愛いお菓子を食べる。

「私良い子だからさぼりとかしたくないんだよ。ハルキくんの応援はしたいし」

「ハルキくん？」

「そう。言ってなかったっけ？　お姉ちゃん、今恋してるの」

胸の前でリモコンを抱きしめるようにして、姉は私を仰ぎ見た。バラ色の頰。いかにも幸福そうで、恋するプリンセスとして完璧な笑顔。「そうなんだ、楽しいね」と答えながら、いつのまにかショウくんは死んだのかな、と思った。

「楽しくないよー。片思いだもん、つらい」

「へえ。え、同じクラスの人？」

「そうなの。だから最近毎日学校楽しいんだ」

「楽しいんじゃん。よかったね」

「よくないってば、片思いなんだから」

姉は深く、長いため息をついた。ぜんぜん感情がこもってないみたいなため息。なるほど、今のこいつはつらい片思いの設定を楽しんでるわけだな、と察しがついた。そう、つらいね、とコメントを返しながら、でも、その楽しさの一端くらいは私にもわかる。もちろん、私のヨシくんに対する気持ちは姉の片思いもどきなんかとはぜんぜん違うけど。まったく、ぜんぜん、次元の違うものだけど。

「ハルキくん、野球部なんだよね」

甘ったるい声で、姉は呟いた。

「だから絶対ソフトボールに出るでしょ？　私、その応援は頑張るよ。応援してるとこ、見てほしいし」

愛くるしい猫みたいに私の左腕にすり寄って、姉は言った。あーそうだね、とスルーしかけて、気が付いた。今日、皆で意見を出し合い決めた球技大会の競技種目。今年は、ソフトボールはない。

スッと頭の奥が冷えるような感覚があった。どうしよう？

「あの……ソフトボール、今年はやらないんだよね」

言いたくない、でも黙ってる方が無理、と判断して、私はできるだけなにげない風を装ってそう告げた。

「え、なんで？　去年はやったじゃん」

ぐっと首をそらして、姉が私を見上げる。茶色い虹彩の真ん中、瞳孔がキュッと狭まるのが見えた。姉の不機嫌の気配を察して、私の左腕が勝手に強張（こわば）る。

「今日……各クラスの希望とか聞いたら、バレーとかドッジボールとかさ、他の競技が人気だったから」

「はあ？　やんないってなったの？」

「そう」

「山本杏奈がそう決めたわけ？　あいつ委員長でしょ」

「いや、みんなで」

「最悪」

吐き捨てるように言って、姉は私から身体を離した。脚を組んで、ソファの背もたれに寄りかかる。ひとつひとつの仕草に、私は神経を尖らせる。

「マジで使えないね、あの女。すごい腹立つんだけど、どうしよう」

「別に、他の種目でもいいじゃん」

「あーあ。せっかく楽しみにしてたのに、台なし。ハルキくんの応援できないんじゃもう小西いじめるくらいしか楽しみないじゃん」

「……だれ、小西は」

「クラスのデブのブス。あ、小西ちゃんも誘ってドッジボールやろっかなー。ボールぶつけたいし。ぶつけられたりしたら殺すけど」

勢いよく、姉が立ち上がった。まーまず山本杏奈が死ねって感じだけどね、と言い残して、キッチンの方へと去っていく。ショートパンツから伸びる細くて白い脚を見送りながら、姉のクラスの小西さん、のことを考えた。姉は今も、とにかく目についた大人しい子をいじめずにはいられない習性を変えてないこと。元気で明るくて気に食わない杏奈にも危害を加える可能性があること。たぶんまだ、私が杏奈と仲良くなりつつあることは知られていない。ヨシくんのことも、まだ。でもぜんぶ、時間の問題？

溶けそうになっていたアイスをひとくち齧る。イチゴの味が口の中にべたべたと広がる。美味しさはもうどこかに消えていた。つけっぱなしのテレビでは、いつのまにかニュース番組が始まっていた。ここ数日報道されていた重大な事件の犯人が捕まったと、アナウンサーが熱を込めて話す。画面が切り替わると、警官に囲まれた犯人が、フラッシュの中を不満げな表情で歩いていた。

凶悪な事件を起こした犯人が捕まったというニュースを見るたびに、私は、この人にはきょうだいがいたかな、と考える。そして思う。この人の弟や妹、兄や姉は、この人の凶悪さに、子供のころから気付いていたりしたのかな、と。

私は事件の被害者への同情よりも、加害者への怒りよりも、加害者の妹の目線で事件を見てしまう。加害者の兄弟姉妹を、とてもかわいそうに思う。きっと彼らは、きょうだいがいつかこんな事件を起こすことをずっと恐れて生きてきた。きょうだいの起こした事件で、自分の生活がめちゃくちゃになる瞬間がいつか訪れるんじゃないかと怯えて生きてきた。

例えば、人生の大切なあれこれ。進学とか、就職とか、結婚とか、すべてがダメになるかもしれない。もっと根本的な、安心して眠ったり、ご飯を美味しく食べたり、誰かと話して笑ったりすることだって、できなくなるかもしれない。凶悪な犯人のきょうだいとして、ずっと後ろ指をさされて生きていくことになるかもしれない。自分はなにもしていないのに。なんて理不尽。酷すぎる。

ところで、いろいろな夢を見てきた私は、実はもう姉を殺す方法を決めているのでした！

悪夢で目覚めた日々は決して無駄なんかじゃなくて、私は夢を通して計画に大切なのは綿密さよりも柔軟さだということを学んだ。夢の中って思いもよらないことが次々起こる。でも事実は小説より奇なりっていう言葉があるくらいで、現実だって私の想像を超えるようなさまざまな出来事、ハプニングが起こるもの。だからひとつなにかが狂ったくらいで全部がダメになるようなガチガチの計画なんかより、緩やかで余裕のあるのびのびとした殺害計画がいいと考えました。

私は姉を突き落とそうと思う。いつ、どこから、どんな風に、は決めない。あ、なんか今いけるな、と思ったときに背中を押す。もしそれで失敗したとして、最悪の場合私の仕業だとバレたとして、ごめんなさいうっかりぶつかってしまいました、という言い訳が通るようなナチュラルな押し方をする。とはいえ、監視カメラや人工衛星に証拠を撮られるのは怖いから、カメラのない屋内が理想。それでいて、殺傷能力のありそうな高さのどこか。目撃者もいないような、人けのないどこか。姉と私がふたりきりで訪れるのに不自然じゃないどこか。

それってどこだよ、と、頭の片隅ですっかり元気をなくしている冷静な私が言う。そんな都合のいい場所あるかよ。ほんとにやる気あんのかよ。なめてんのかよ。

やる気はあるし、ぜんぜんなめてない。きっと最適な場所が見つかる。もうすぐやれるから、大丈夫。ヨシくんも杏奈も大丈夫。絵莉も私もお母さんもお父さんも大丈夫。世界は幸福で平和な場所になる。なにも怖がることなんてない。

冷たい毛布にくるまりながらずっと自分に言い聞かせて、私はやっと眠りについた。

夜中、姉の部屋の椅子が鳴る音で一度目が覚めた。それから、中学時代のかつての親友にものすごく罵倒(ばとう)される夢を見た。

「くまがすごいよ」

私の顔をのぞき込んだ絵莉が、きっぱりと言った。

そんなに？　と尋ねると、「ものすごい」と断言された。

「昨日、ずっと動画見ちゃってて」

「あー、あるね。なんの動画？」

「柴犬（しばいぬ）」

「あー。しょうがないね」

猫と柴犬は止められないからね、と、絵莉は何度も頷き納得してくれる。そうなんだよ、と、私は両手で瞼を押さえた。

朝、電車で会ったとき、ヨシくんも私の顔を見て一瞬なにか言いたげな表情をした。ヨシくんはデリカシーの塊（かたまり）だから言葉をのみ込んでくれたけど、きっと、あ、こいつくまヤバいな、とは思われた。それから、今日は左の前髪のセットがどうしても上手くいかなくて、髪の隙間から額の傷がちょっと見切れてる。傷についてもなにか思われたかもしれない。

「ほら、コラーゲンあげる」

声に目を開けると、絵莉が小さなクマの形のグミを差し出していた。緑色、たぶん青りんご味。食べると、甘酸っぱい香りが鼻に抜けた。いろいろなものが少しだけ回復した気分になる。

「ありがとう、天使」

「いいんだよ。球技大会の実行委員、今日なんか前に出て喋るんでしょ。帰りのホームルームで」

「ああ……そうだった。各種目の出場者決めなきゃ」

「私はなにに出ようかな。麻友はなにに出る?」

「私はあまったとこに入ることになるかな。立場的に」

「じゃあ私もあまったとこを引き受けよっかな。球技、なんでも得意だしね」

去年の卓球は秒で負けたんじゃなかったっけ? と指摘すると、絵莉は「スポーツはパッションだから、勝ち負けじゃないから、あえて言うなら楽しめたものが勝者だから」と得意げに語った。

私は、アホなこと言うな、と笑ったけれど、心の中ではこいつめっちゃ良いこと言うなとしみじみ思った。絵莉が姉だったらよかったのに、と、また意味のないことを思った。

「ねえ、絵莉ってきょうだいいるんだっけ?」

「んー? いるよ。お兄ちゃんがいる」

「仲いい?」

「うーん、そこそこかなー」

絵莉みたいな妹がいたら自慢だろうな、と思う。私が小さく息をつくと、絵莉は今度は赤色のクマをくれた。

あまりものでいい、なんて言ったけれど、絶対に避けなければならない種目があった。ドッジボール。姉が参加を匂わせていたから。幸いドッジボールは希望者が多くて、枠があまる心配はなさそうだった。渚もドッジボールを強く希望していたのだけれど、定員超えのじゃんけんで負けて悔しそうにしていた。

「じゃあ次は、バレーボールやりたい人ー」

進行は主にヨシくんが務めてくれていた。私の寝不足を察して気をつかってくれたのかも。超素敵。そうじゃなかったとしてもヨシくんが前に立つだけで人は誰しもほっこり穏やかな気持ちになれるものなので、クラスの皆のためにその方がいい。私は板書を担当しながら、気づくと窓の外を眺めていたり、ちょっと集中力に欠けていた。空は若干黄色っぽさが濃くなりつつあったけれど、まだまだ明るい。日が長くなって、夏が近づく。去年の夏は、まだヨシくんのことを知らなかった。今年の夏は、ヨシくんのいる世界。

そのことをすごく嬉しく思うと同時に、どうしようもない焦りにも駆られた。ヨシくんのいる世界には、姉はいないでほしい。

突き落とす場所……と思いを馳せていると、すぐ後ろから「麻友さん」と小声で呼びかけられた。

「あとはもうなんでもいいって人たちだけだけど、どうする?」

「えっと、じゃあ、てきとうに」

残った子たちで相談して、無事皆の参加競技が決まった。私はフットサル。絵莉と渚も同じチームだ。ヨシくんはバレーに入ることになった。体育館とグラウンドで離れてしまうのは寂しかったけれど、大会当日はどこから姉に見られているかわからないから、離れていた方が安心ではある。

「ではえっと、皆さん、怪我のないように頑張りましょう」

ヨシくんが取ってつけたような挨拶(あいさつ)で締めると、皆から温かな笑いが漏れた。ホームルームが終わって、それぞれ部活や放課後の楽しみへと捌(は)けていく。絵莉は部活へ、ヨシくんは掃除当番へと消えた。私は教壇に残って、板書した内容をスマホで写した。今頃、杏奈のクラスでも話し合いが終わっている頃かな、と考えながら。

写し終えても、しばらくの間黒板を眺めていた。実行委員が、皆が楽しんでくれることを願って相談して決めた種目に、クラスメイトたちの名前が並ぶ。高校の球技大会なんて、誰もそこまで本気にならない、平和で、ちょっと面倒なだけの気楽なイベントだと思っていた。でも姉は気楽さに妥協したりせず、そこに他人を貶(おとし)めるきっかけを見出(みいだ)そうとしている。杏奈に言いがかりをつけて、大人しい女子をいじめようとしている。

球技大会まであと二週間。姉になにかものすごく酷いことをされたりして、彼女たちが学校に来られなくなったりしたらどうしよう。ストレスで体調を崩したり、成績が下がったり、それで進路が断たれたり、外に出られなくなったり。もしかしたら、死んだり？

姉はきっと気にしない。私は駄目。私がぐずぐずして姉を殺さなかったせいで優しい誰かが傷ついたり死んだりしたら、気にしないでなんていられない。死ぬほど後悔した中学時代と同じことを繰り返すなんて嫌。今なら、二週間以内にやれば、防げるかもしれない。

気づいたら、教室の中は閑散としていた。窓辺でたむろしていた最後の数人が、後ろのドアからのろのろと出ていく。彼らとすれ違いで、同じドアからヨシくんが戻ってきた。

「あれ、麻友さん」

私を見て、ヨシくんは少し目を丸くした。

「まだ残ってたんだ。ごめんね、それ任せきりにしちゃって」

「ううん。もう終わったんだけど、ぼんやりしてて」

私はちょっと、目が熱くなるのを感じた。ちょうど今、ヨシくんと話したい気分だった。ヨシくんと話したい気分じゃないときなんてないんだけど。

「ヨシくんは？　どうしたの」

「あ、俺はゴミ捨て行ってきたとこ。また負けたんだ、じゃんけん」

ヨシくんは照れたように笑いながら、顔の前で指をチョキの形にしてみせる。もしかしてヨシくんってチョキしか出さないとかそういう人だったりして。じゃんけんにいつも負けるヨシくん、という私たち共有のネタで笑い合う。あ、幸せ、と思った。

「言ってくれたら手伝ったのに、ゴミ捨て」

私はいつかの奇跡のゴミ捨ての時間を思い出しながら言った。姉とのとても不幸な遭遇があったのに、最後にはヨシくんが幸せな気持ちをくれた。初めて、私を名前で呼んでくれた。

「や、今日はほんとに少なかったから、大丈夫だよ。うちのクラスってゴミ少ない気がするな。みんなエコロジーっていうか」

「そっか」

「うん。あの、俺の方こそさ、なにか手伝えることとってあったりする？」

え？　と、私は首を傾げた。

手伝えること？

それって……なんだろう。委員会のあれこれはもう終わったと伝えたはず。

答えが思い浮かばずにいると、ヨシくんは猫背の背中をさらに丸くしながら、「いや、今日、麻友さんちょっと元気ないような気がして」と、囁くように言った。

「俺なんかが図々しいかもしれないけど、力になれることとかないかなって」

眉を下げて笑うヨシくんの前髪が揺れた。開けっ放しの窓から、柔らかな風が吹いていた。

風にまじって、運動部の掛け声や吹奏楽部の楽器の音がかすかに届く。でも、今この教室の中で意味があるのは、ヨシくんの声だけ。金色の日が差して、並んだ机や掃除を終えたばかりの床が、静かに光を湛えている。ヨシくんの優しさが空気全体に満ちている気配が、確かに感じられた。

あ、今、ヨシくんに告白したい、と思った。

「私……」

ヨシくんのことが好き。

いつのまにか、すごく好きだった。

特にこれといったエピソードがあるわけではなくて、ただ、ヨシくんの毎日の生き方とか、毎時間穏やかで優しいところとか、毎秒の呼吸の仕方とか、その一瞬一瞬がすべて好き。その存在が好き。ヨシくんのことを思うだけで、私はすごく温かで清らかな気持ちになれる。とても救われている。

私、あなたのことが大好きです。

そう続けるつもりだった。勇気を出して、伝えられる気がした。でも、それを口にする直前で胸の奥がぐっと締め付けられる感じがして、出てきたのは、違う言葉。

「私……、困ってることがあるんだ」

何を言おうとしているのかはっきり自覚しないまま、ただ、胸の圧迫感に押し出されるように、自然にそう告げていた。

「困ってること？」

「うん。……お姉ちゃんのことで」

「え？　お姉さんって、あの、一組の？」

「うん。そうなの」

ちょっと待って。

それを言うのか？

本当に？

自分の言葉に動揺する。私は愛の告白をしたいと思っているのだけれど。このままだと罪を告白しちゃいそうな流れだ。それはまずい。平穏な生活を手に入れるため、私は完全犯罪を成し遂げなければいけないわけだから、姉についての相談なんて誰にも打ち明けてはいけない。

いけないのに、でも、お姉ちゃん、という言葉を口にした瞬間、どうしようもない解放感があった。私は誰かに言いたかった。本当はずっと言いたかった。だって、私はあのものすごく悪い姉を殺すのだ。ひとりでなんて、とても抱えきれない。

「お姉さんと、なにかあったの？」

優しい声で、ヨシくんは私の話を聞いてくれる。

その眼差しに、私は幼く弱い子供みたいな気持ちになる。彼にすべてをわかってほしいと思う。私の姉に対する気持ちをすべて伝えたい。それを伝え終えてやっと、私はヨシくんに対する気持ちを口にできる気がする。姉のことが重くのしかかったままでは、胸を開いてヨシくんへの思いを打ち明けることができない。

「私のお姉ちゃんは……」

脳がギュルギュル動いて、必死に姉のことを考えた。姉をどう形容しようか。どう説明すれば彼女のことが正しく伝わるか、その脅威を正しく理解してもらえるか。胸がどきどきする。

「すごく悪い姉なの」

「え。悪い？」

「うん。あのね……もう、どうしようもないくらい邪悪っていうか、心が歪んでるっていうか、とにかく酷い。人の幸せが嫌いで、人を傷つけるのが好きで、でも、自分が悪いっていうことすら自覚していないから質が悪くて。特に意味もなく人を困らせたり、追い詰めたりする。小さいときから、ずっとそうなの。私もいじめられてきたし、たくさんの人がいじめられてきた。本当に、最悪な人間。本当に、ものすごく、悪い」

どうか伝わってほしい。その気持ちが強すぎて、不器用にしか話せない。でも、どうかわかって、という思いを込めて、私はヨシくんを真っ直ぐ見つめた。彼はいつになく真剣な顔をして、私の言葉を深く受け止めるみたいに、小さくうつむいた。そして、私の苦しみを噛みしめるみたいな、数秒間の沈黙。

やがて顔を上げたヨシくんは、厳しく寄せていた眉間をほどいて、いつもの優しい眼差しで言った。

「麻友さん」

「う、うん」

「なんか……大変なんだね」

「う、うん！　そうなの」

「でも……。あの、なんていうか、きょうだいのことを、そんな風に言うのはよくないよ」

よくないよ。

揺るぎない、迷いのない、きっぱりとした口調で。

私は一瞬、ヨシくんは冗談を言ったのかな、と思った。あの邪悪な女を悪く言うのがよくないことだなんてウケる。なかなかひねりのきいた冗談。でも、違うと気づいた。

ヨシくんは正しいことを言ったのだ。

「家族のことを、悪く言うのはよくないよ。ごめんね、俺なんかがこんな、偉そうなこと。でもやっぱ、たったひとりのお姉さんのこと、そんな風に言うのは、よくないと思う」

真っ直ぐな目をしたヨシくん。意味のある返事がなにも思いつかなくて、私はただ、「そう」と頷いた。

「うん……人間だから、そりゃ悪いとこもあると思うし、俺だってもちろん、弟や妹に腹が立つこともあったりするけどさ。でもそんな、どうしようもないほど悪い人間なんて、いないと思うんだ。ちゃんと時間をかけて話し合えば、ぜったい理解し合えるのが人間だと思う。姉妹だったら、なおさら」

「そう」

「うん。麻友さんのお姉さんだもん、絶対そんな、悪い人なわけないよ。大丈夫、家族なんだから」

正しい言葉を紡ぐヨシくんの口を見ながら、私は「そう」と繰り返した。彼の言葉は美しくクリーンで、それが私には空虚に響いた。あ、不毛だわ、と思った。

空(むな)しい言葉を聞かせられている自分が気の毒だったし、ヨシくんのせっかくの正しいお言葉をそんなふうにしか聞けないことが彼に申し訳なかった。まだなにか言ってるヨシくんに、私は「そうだね」と笑った。ヨシくんは正しくて、だから私とは話が合わない。ヨシくんの正しさを好きになったくせになんでそんなことに気が付かなかったんだろう。

そして今、とても不思議な感覚なんだけど、私はヨシくんのことがすっかり好きじゃなくなっていた。

杏奈から着信があった。

目の前にヨシくんがいる。そんなことぜんぜんどうでもよくて、私はすぐに画面をスワイプしてスマホを耳に当てた。

「麻友？　急でごめん、もう帰っちゃった？」

「ううん。まだ教室」

「よかった。ちょっと直接話したいことがあるんだけど、いいかな」

「いいよ。今どこ？」

「私も教室。こっち来てもらってもいい？　今もう私しかいないから」

一組。姉の教室。少し抵抗があったけれど、見たい、という気持ちが勝って、「わかった」と答えた。通話が切れる。私はヨシくんに、「杏奈のとこに行くね」と告げた。

「なんだかね、内緒話があるみたい」

「あ、そうなんだ。じゃあ俺は、お先に失礼するね」

「うん」

「あの……元気出してね。って、ほんと、俺なんかがって感じだけど」

「ううん、ありがとう」

ありがたいのは本当。だけどもう好きじゃない。胸の中の広い部分を占めていたあの気持ちが消えてしまった。ふわふわと温かくて弾むようでじわじわとくすぐったいあの気持ちが消えた。私は鞄を手に、じゃあね、とヨシくんに手を振ってみた。「じゃあね」と彼は手を振り返してくれる。とても優しそうな笑顔で。とても優しい人なのだ、ヨシくんは。でもその優しさは、私には的外れ。

廊下に出ると、肌で感じる温度が少し下がった気がした。一組を目指して、左手に足を進める。連なる教室の前を通り過ぎながら、考えた。もし私の姉があの姉じゃなかったら、私はヨシくんの美しく清らかな意見を、自分と同じ世界の話として素直に聞くことができたかな。ヨシくんの正しさを虚ろになんて感じずに、まだ彼をバカみたいに好きでいられたのかな。

つまり私がこの恋を失ったのも姉のせいだな？

一組の扉を、私は力いっぱい開いた。窓から数えて三列目、一番後ろの机の上に、杏奈は浅く腰掛けていた。

「やっほー。悪いね」

　ぜんぜんそんな気分じゃなかったけれど、やっほーと片手を上げて、彼女に応える。

　そういえば、杏奈は何の用かしら。ヨシくんのことで頭がいっぱいでなにも予想せずにここに来たけれど、彼女が私に話したいことってなんだろう。まず考えられるのは、委員会のこと。じゃなければ、もしかして……。

「よかった、まだ残っててくれて」

「うん。色々、やることあったから。ほら、球技大会の」

「だよね。どの種目に出るか、みんなの分決まった？」

「決まったよ。……ヨシくんが仕切ってくれたから、わりとスムーズに」

「そっか。よかった」

「杏奈のとこは？」

「うん。決まったんだけど……」

　杏奈の声は、いつもに比べて数トーン沈んで聞こえた。表情もどこか浮かない。彼女の側に立ちながら、私は、姉の席はどのあたりだろうと、ぼんやりと教室を見渡した。教室のレイアウトなんて、どのクラスもそう変わらない。でも、このクラスで姉が毎日過ごしている、と思うと、それだけでちょっとした緊張感。そこの教壇の陰から姉が飛び出してきたりしたらどうしよう。

「あのね、凜ちゃんのことなんだけどさ」

来た。

やっぱり、という気持ちが強かった。悪い予想って、当たりがち。

「うん」

相づちを打ちながら、昨夜の姉を思い出していた。山本杏奈が死ねって感じ、と吐き捨てた姉。球技大会で好きな人が活躍できそうな種目がなしになった、という世にもくだらない理由で。

「ちょっと言いづらいんだけど。ていうか、そんなこと言われてもって感じかもしれないけど」

杏奈ははっきりと表情を曇らせて、私の足元に視線を落とした。それだけで、いろいろなことが察せられて、もうつらい。いや、本当につらいのは杏奈の方だ。姉になにか言われたのかな。なにか、酷いこと。傷つくこと。生きていくのが嫌になるようなこと。

「ぜんぜん、まだそんな、大げさな話じゃないんだ。でもちょっと、心配で。麻友にも話しておいた方がいいかもしれないと思って」

「うん。なに？　聞きたい」

聞くしかない。私は姉の妹だから。幸い杏奈の声に、私をも責めるような響きはなかった。むしろ感じられたのは、ただ純粋な、気遣い？

「あの、凜ちゃんさ、今、家ではどんな感じ？」

「え。どんな、って」

杏奈に死んでほしそうな感じ。

「普通……だと思うけど」

「そっか」

「うん」

「うーん……。あのね」

しばらく口ごもった後、杏奈は言った。

「凜ちゃんね、今、ちょっとクラスで孤立しかかってるんだよね」

4

　中学のとき、姉のいじめが問題になったことがあって、両親が学校に呼び出された。中三の、夏休みに入る少し前だった。姉は三年に上がってからもまたクラスのなんとかという名前の男子をターゲットにして、暴言や無視等いつものいじめを続けていた。新しいクラスになると皆が仲の良い友達をつくっていくように、新しい環境でいじめの対象をつくるのは姉にとって自然なことだった。姉の扇動で彼女と仲の良い友人たちがいじめに加わるのもいつものパターン。姉は人の心を摑んだり揺さぶったり急に放したりして、思い通りに操るのが上手かった。

　受験の大事な時期になにやってんの、と煩わしく思いながらも、姉の悪事がようやくきちんと裁かれるときがきたのだと、内心胸が躍った。私は姉が少なくとも出席停止くらいにはなってくれるんじゃないかと期待した。

　校長室には六人が呼ばれたそうだ。四人が男子で、姉を含む二人が女子。集められた保護者と先生たちの前で、姉はしおらしく泣いたらしい。なんとかくんが自分のことを嫌がってるなんて知らなかった。意地悪なことも言ったけど、ぜんぶ冗談のつもりだった。いじめだなんて思わなかった、ごめんなさい。

美しい姉の流す涙はきっときらきらでつやつやですごく美しかったんだろうな、と思う。

男子四人はなんとかくんを叩いたり蹴ったり持ち物を壊したりもしていたけれど、女子二人は直接には手を出していなかった。それで結局、男子だけがペナルティを受けた。ちょっとの間自宅謹慎とか、そんな。姉ともうひとりの女子は無罪。泣き続ける姉に校長先生は、間違いを犯してもきちんと謝れるひとは偉いと励ました。次からはひとの気持ちをもっとよく想像して思いやりをもてるようになりましょう、とか。

学校から帰ってきた父は、女の子のちょっとしたからかいをいじめ扱いなんて重すぎるんじゃないか、とため息を漏らした。母は、ねえだから言ったでしょうひとの悪口を言っちゃ駄目っていつも言ってるでしょう、といつもの調子で姉をたしなめた。その日の夜姉は私の部屋まで聞こえる大声で友達と電話で喋って、怒られるなんて最悪、でも男子がぜんぶ罪を被ってラッキー、夏休みが明けたらバレないように仕返ししようね、と元気に笑っていた。

全員バカかよと思った。

「凜ちゃんも悪気はないんだろうけど、そういうちょっと、悪口にも聞こえちゃうようなこと小西さんとかにぽろっと言っちゃうこと多くてさ。みんな最初は軽めに注意してたんだけど、最近なんか……うん。いや、悪気ないっていうのはわかってると思うんだよみんなも。実際言われてる小西さんとかも、気にしてないよって笑ってるんだけど、でもだからって、周りが軽く流すのも違うかなって……。それにやっぱ、聞いてて良い気分はしないっていうか。それでどうしていいかわかんないみたいなとこもあって、凜ちゃんのこと、みんなちょっと遠巻きにしがち……、みたいな感じで」

組んだ両手をしきりに動かしながら、杏奈は一生懸命に話す。

彼女の話を聞きながら私は気付いたらぽかんと口を開けていて、たぶんすごくアホみたいな顔をしていた。

「私もどうしていいかわかんなくてさ。ていうか私、どうしても麻友のこと考えちゃって。麻友と仲いいのに、ぜんぜん知らん顔で凜ちゃんのまわりの、そういう雰囲気放置したくないな……って。その、凜ちゃんが孤立ぎみなの放置しながら、麻友と仲良くするのって、なんか、騙(だま)してる？　っていうか、誠実じゃないみたいな気持ちになっちゃって」

「え、いや」

「それで麻友に直接ぜんぶ相談するって、すごいバカなやつみたいで申し訳ないんだけどさ。なんかもう、それしか思いつかなくて。ほんとごめん」

「いや……ううん」

大丈夫、と、私は胸の前で両手を振って、へらっと笑った。本当にぜんぜんなにもかも大丈夫なんだけれど、ただ理解が追いつかない。私の姉が、クラスで孤立している？

「でさ、さっき、あの、球技大会の出場種目、決めるときに」

「うん」

「やっぱりその……ちょっとモメて」

「ああ。姉が、その小西さんになにか言った？」

「そう。まあ、そんな感じ。で、ちょっとあんまりじゃないかって、怒った子がいて。そしたら凜ちゃん、ホームルーム途中で帰っちゃったんだよね。そのとき先生もいなくてさ、誰も止める暇もなく、みたいな」

「は、そうなんだ……」

拗ねて途中で帰る姉、の姿は容易に想像できた。そう、クラスメイトに怒られたりしたら、姉ならもちろんそうなるでしょうね。でも私は、姉に怒るクラスメイト、というのがうまく思い描けなかった。姉はいつだって女王だったのに。いつだって、クラスの中でも一番派手で、一番目立って、一番影響力の強いグループにいた。綺麗で成績も良くて人心掌握にも長けた姉は、いつだってなんの恐れもなく、その残酷さを振りまいていられたのに。彼女がコミュニティで孤立する姿が想像できない。私のお姉ちゃんにたてつくことができる人間がいるの？

　でも、ふと思った。姉は変わらず姉のままだけど、まわりの同級生たちはいつまでも子供のままじゃない。いつまでも、姉に支配されるままじゃない？

「その……怒った子。良い子だね」

「え？」

「なんかそういうのって、怒りづらいじゃん」

「ああ、うん、だよね。吉沢（よしざわ）は正義感強いっていうか、すごい真っ直ぐな子だから」

「姉、いや、お姉ちゃんはさ、なんて言ったの？　小西さんに」

「あー、うん。なんか、体形のこととか？　ちょっといじるみたいな」

　ああ。デブはドッジボールで壁になるくらいしか役にたたないでしょ、とか言ったんだろうな、と予想がついた。スムーズにそんな予想が出てきた自分にちょっとへこむ。

「そっか」

「うん……」

「や、でもそれなら、そうやって、怒ってもらった方が、お姉ちゃんにも良いと思う。ほら、お姉ちゃんってちょっと、天然？　みたいなとこあるから」

「あー、うん。それは、そうだね」

「だから言ってもらった方が、良いよ。孤立するならするで、ちょっとひとの気持ちとか考えた方が、良いと思うし」

「うん……そっか」

「空気悪くしちゃって申し訳ないけど」

「いや、ううん。だってそれはさ」

みんなの問題じゃん、と杏奈は言った。姉の性格が悪いことはクラス皆の問題。皆で取り組んでいくべき課題。ワンフォーオールオールフォーワン？　杏奈は本気で心からそんなふうに思っているのかな。だとしたらちょっと良い子すぎて怖い。私の手前そんなふうに言ってくれてるだけだとしてもすごく良い子。姉が杏奈のことを家でなんて言っていたかを伝えたとしても、杏奈はその意見を変えたりしないだろうか。

「そっか。うん、ありがとう、いろいろ。その、教えてくれたことも。でも、私はお姉ちゃんがクラスでどんなふうでも、それで杏奈のこと悪く思ったりしないよ。だから……そこは気にしないで。気にしないでくれたら、嬉しい」

ぐるぐると色んなことを考えながら、でも、とにかく私はそう言った。とにかく、なにも気にしないで、ということ。今はそれ以外特に言いたいことが思いつかない。杏奈の友達としても、姉の妹としても、望むことはなにもない。

「ありがとう」

杏奈は眉を下げたまま笑った。それでなんとなく話は終わって、私たちは一緒に帰ることにした。杏奈はこれからバイトだという。私は特に、なにもなし。駅のところで別れるとき、杏奈が「今度さ、三人で遊んだりしようよ」と言った。三人って誰だ？　と思いながら、私はぼんやり「うん」と答えた。手を振って、去っていく杏奈の背中を見つめながら、ああ、うちらと姉の三人か、と理解した。それはちょっとないと思うんだけど、と背中を見送る。

すぐにやってきた電車の、先頭の車両に座ることができた。ひとりになって、あらためて今の話を振り返る。姉が浮いているという話。そんなことあるはずないという気持ちがまだ強い。杏奈が嘘をついているとか疑っているわけではなくて、ただ、私の中の常識に照らし合わせるとそれはあまりにファンタジーな内容だったから。悪い魔女が正義のクラスメイトに国を追われた、なんて。

でも、思えば子供の頃、姉に対する私の認識はまわりとずれていた。

私は姉をちょっと意地悪なだけのまあ一般的な平均的な普通のお姉ちゃんだと思っていた。まわりの子は、姉の残酷な振る舞いに深刻に傷つけられて姉のことを本気で恐れていた。姉の被害者の母親に八つ当たりでキレられるまで、私はそのことに気付かなかった。

いつのまにか、またずれが生じていたのかもしれない。私は姉を世の中に深刻なダメージを与える危険な存在だと考えていたけれど、もしかして今はもう、まわりの子は彼女をただちょっとやっかいで嫌なことを言う困ったやつとしかとらえていないのかもしれない。姉の悪さなんて、そんな程度なのかも。私がただひとり、深刻に考えていただけで。小西さんとやらは姉の暴言を笑って受け流し、吉沢さんとやらはその義憤を正面から姉にぶつけて、姉は教室から逃げた。

駅から家までの道を、ゆっくり歩いた。通いなれた道。そのあちこちに、子供の頃からの姉とのエピソードが潜んでいる。

左手に公園の見える十字路にさしかかったときにようやく、ざまあみろという気持ちが湧き出した。

夕食のとき顔を合わせた姉は普通に見えた。落ち込んでいる風でもなければ、特に不機嫌そうでもない。だから私も普通にしていた。ざまあみろ、が顔に出ないように。父と母は庭に植えたハナミズキとアジサイの蕾(つぼみ)の数を話題にしていて、とても平和。姉に学校の話を振りたい気持ちが何度か押し寄せたけれど我慢した。すごく我慢した。ねえねえお姉ちゃん今日クラスで球技大会の種目決めがあったでしょ？　お姉ちゃんはなんの競技になった？　私は仲良い子たちとフットサルに出ることになったよ、でもまあなんの競技でも良かったんだけどね私クラスの子たちみんなとわりと仲良いからさ！　お姉ちゃんは？　をのみ込んだ。

ご飯の後、姉はすぐにお風呂に立った。私は自室の机で今日出た課題を開いて、でも、頭は姉のことを考えていた。クラスで浮いているかわいそうな姉！　のことを。やっぱり、まだ夢みたいな気分だ。正直まだ、半信半疑。こんなのぜんぶ、姉を殺すことに行き詰まった私が見ている都合の良い夢じゃないか。もしも本当に、世界が姉にいじめられて壊されたりしない、姉の悪意を許したりしない正しくて強い場所になったなら、私がみんなを守るために姉を殺す必要なんてないってこと。世界は自分の身を自分で守る。なんなら私のことだって、世界が守ってくれるかも。

課題の文字を見つめていると、スマホが光った。杏奈から、ラインのメッセージだ。『凜ちゃん、大丈夫そう？』と。

律儀だな、と思う。いや、律儀とは違うのかな、こういうのは。なんだろう。親切とか、思いやりのある、とか、とにかくもっと優しいなにか。『大丈夫だよ』と私は返した。ヒヨコがへらへら笑っているスタンプを添えて。

『よかった！』

ウサギが泣いているスタンプが届いた。このウサギは姉が大丈夫で泣くほど嬉しいみたい。良いウサギ。

本当に、今私のまわりは良い人だらけだ。杏奈といい、ヨシくんといい。

……あ、ヨシくん。

そういえば私は今日ヨシくんにフラれたんだった。いや、違う。フラれてはないや。なんていうか、自動的に失恋しただけ。自動的に？　とにかく、自然に無くなったのだ、恋が。ほんの数時間前の放課後、そんなことがあった。今、思い出した。

思い出した、なんて呑気に扱っていいコンテンツなのかな、失恋って。これって今、この夜もっとメインで考えるべきことじゃないか。もっと私は私の恋の死を悼むべきなんじゃないか。あんなに大好きだったヨシくんという輝きが消失したんだぜ？　と思うのだけれど、どうしても今は、姉！　ざまあみろ！　の気持ちが勝ってしまってだめみたい。

階段のきしむ音が聞こえた。姉が二階に上がってきた音。続いて、隣のドアが開く音、椅子のきしむ音がした。隣の部屋で、姉が生きている。

それでいいのかもしれない。私は姉を殺さなくていいのかもしれない。

朝、いつもと同じ電車に乗った。いつも通り、学校のひとつ前の駅でヨシくんが乗り込んでくる。私を見つけ、会釈をする。次の駅で一緒に降りる。

「もしかして、お姉さんと仲直りした？」

ホームで隣に立ったヨシくんは、おはようの挨拶の後すぐそう言った。私は少し考えて、「うん、そうなの」と答えた。

「やっぱり。今日はなんだか元気そうだから。よかった」

ヨシくんは柔らかく微笑む。

「ありがとう。ヨシくんのアドバイスのおかげかも」

「そんなことないよ。やっぱり姉妹だから」

「そっかな。そうかも。ありがとう」

調子の良いことを答えながら、私は並んで歩くヨシくんをそっと観察した。猫背の背中、下がり気味の目、ぼさぼさの髪。ぜんぜんかっこよくない。いや、それは前から知っていたんだけど、ぜんぜんかっこよくないところが超素敵と思っていた気持ちはやっぱりどこからも湧いてこない。恋は死んだ。一晩経っても蘇らない。私はごくフラットな気持ちで、ヨシくんと何気ない雑談を交わしながら坂道を上って学校へと向かった。

彼とのお喋りはそこそこに楽しかった。私たちって、そこそこ仲の良い友達。昨日恋が生きていたころは、もしかしてヨシくんも私のことが好きだったりして、私たちって既に両想いだったりして、なんて思ったりもしていたのだけれど、こうして醒めてみるとたぶんヨシくんも別に私のことが特別好きでもないな。下手に告白したりしないでよかった。末永くそこそこな友達でいましょうね。

すごく天気が良くて、坂を上りきるころにはうっすら汗をかいていた。時折吹く風が心地いい。ヨシくんの言う通り、私は昨日よりずっと元気だ。昨夜はよく眠れた。夢も見なかった。


「え、もしかして告白した？」

お昼休み、唐突に絵莉が言った。私はものすごくびっくりした。

「え？　いや、してないけど」

そうだ、私、告白してない。だから別にびっくりする必要はなかったんだけど、なぜだか図星をつかれた気になった。「なんで？」と素直に聞き返す。

「なんか顔が元気。顔色良いよ」

「え、そうかな。ありがとう」

「昨日は土みたいな色してたけど」

「土って」

「だから、元気が出たのは告白が成功してハッピーだからだったりして、って思って」

「いや、そしたら絵莉にまっさきに報告するって」

「そう。だから、ラインくれなかった、ひどい！　って思った」

「告白してないからね」

「よかった」

絵莉は満足そうに頷くと、いつも飲んでいる紙パックのイチゴ牛乳にストローを刺した。あ、私も後でそれを買おう、と思った。夏までに痩せる目標を取り下げたわけではないけれど、当初の計画よりも若干最終目標を下方修正した、今。

「まあでもそろそろ考えてもいい頃かと思うけどな」

絵莉はくるんとしたまつ毛をこちらに向け微笑む。いや実はヨシくんどうでもよくなったんだよね、とは、なんだか言い出しにくい。ここ二か月弱ずっとヨシくんヨシくん言っていたのに、急になんの理由もなく醒めたなんて言ったらなんだこいつと思われてしまいそう。

きちんと理由を伝えるとして、なんて説明したらいいんだろう。ヨシくんってば姉を殺したいって気持ちをぜんぜんわかってくれないから醒めちゃった！　とか？　あーそれは醒めるね、と絵莉は同情してくれるかな。

「でも私ほら、今のままで幸せだし」

「そんなこと言ってさ、他の女にさらっと取られたりしたらどうするの」

「うーん……そう言われると」

「ヨシくん優しいからこっそり好きな子とかけっこういるかもしんないよ」

「それはもちろん、そう」

「するならさ、直（ちょく）で言った方がいいよね。ラインとかだと冗談にとりそう、ヨシくんって。冗談にとられたら冗談にしちゃうでしょ、麻友って」

「うん」

頷きながら、とりあえず今はまだ言わなくてもいいかな、という方に気持ちが傾く。私がヨシくんを好きっていう環境を絵莉は気に入って楽しんでくれているようだし。

「直で言うなら、シチュエーションとかこだわりたいな」と私は嘯く。

「まあ、それはね」

「だからまだ、様子見でいいかな。大丈夫、ヨシくんはたぶん私を待っててくれると思うから」

「あーあ。慢心が見えるな」

「ていうかもう、実質付き合ってるかも」

「はいはい」

「麻友ちゃん」

突然、後ろから呼ばれた。

振り返ると、姉がいた。

う、と喉が詰まった。

「ねえ、現国の教科書もってない？」

姉が首を傾げると、その肩のあたりに黒い髪がさらっと広がった。薄茶色の目が私を見ている。なぜ？　ここは私の教室なのに。なぜ。なぜだ？

姉が教科書を借りに来た。

それだけのことを理解するのに、数秒かかった。

「もってない」

私は答えた。すごく弱々しい声が出た。姉の目が、すっと細くなる。

「あ、私もってるよ」

絵莉が片手を上げた。止める暇もなく立ち上がり、二列隣の自分の席に向かう。「え、ほんとー？」と、姉が弾んだ声を出した。教科書を手にした絵莉がすぐに戻ってくる。

「はい。いろいろ書き込み汚いけど」

「わー、ありがとう、助かる。終わったらすぐ返すね」

「いつでも大丈夫だよ。今日うちのクラス現国ないから」

姉と絵莉が喋ってる。私は信じられない気持ちでそれを見ていた。「ほんとありがとう」と甘い声を出す姉の目が、さっと絵莉を検分するのがわかった。

「じゃあね」

絵莉の教科書を手に、姉はあっさりと去っていった。私はようやく頭に血が回り出した。お昼休みの教室に姉が出た。これって、すごいホラー。

「すごい可愛い子。誰？」

前の席に座り直して、絵莉が尋ねた。

「あー……、一組の子」

「へー。なにつながり？」

「や、中学一緒で」

咄嗟に嘘が出た。いや、嘘ではないけど。私と姉は中学も一緒だった。ずっと一緒だった。

そっかあ、いいよね地元の友達って、と絵莉は頷き、それ以上は特に今現れた女について追及しなかった。呑気にイチゴ牛乳をすすりながら、スマホに視線を落としたりする。私は姉に絵莉を見られたことがショックで、だって姉は私の友達だというだけで絵莉のことを攻撃しようと考えるかもしれない。絵莉は可愛いから、私にこんな可愛い友達がいるなんて生意気、とかそんな動機で。いや、でも。

姉がわざわざ私のクラスまで物を借りに来るなんて今まで一度もなかった。教科書なんて。隣の子に見せてもらえばいいじゃん。もっと手近なところで借りればいいじゃん。他人は誰であれ自分に与えて当然という考えの姉が、廊下の端っこの一組から反対端の六組までの道をはるばる歩いて私を頼って来るなんて驚きだ。もしかして、今の姉ってマジで友達いないのかな。頼れる子とか、私以外誰もいないのかな。

杏奈の話を聞いてもうまく思い描けていなかった「孤立する姉」のイメージが、今、ちょっとつかめた。目の前で、絵莉は綺麗な爪でスマホを触っている。姉が絵莉を攻撃してきたとして、勝てるんじゃないか？　絵莉なら。孤立した姉より絵莉の方が強そう。いや、そもそもなんで私は姉と友達を戦わせようとしてるんだろう。今行われたのは、姉が教科書を借りに来て絵莉が貸してあげたっていう和やかなやりとり。攻撃ってなに？　私は姉が絵莉に具体的にはなにをすると恐れているんだろう。悪口とか？　私は悪口が怖くて姉を殺そうなんて考えていたのか？

「あのさ」

んー？　と、絵莉はのんびり顔を上げた。

「今の子、私の姉なんだよね」

五時間目に体育の授業があった。いつもは隣の五組と合同なのだけれど、テスト前の時間割変更の都合で四組との合同に変わった。ジャージに着替えて体育館に集まると、先生から「進度に差があるから今日は球技大会の練習に充てていいよ」との許可が出された。

「ラッキー。めっちゃ練習しよ。優勝目指そう」

渚はやる気に満ち溢(あふ)れているけど、正直うちのチームメンバー的に優勝は厳しい気がしている。絵莉はやる気はありそうだけど足が遅いし、私はボールを蹴るのがとても苦手。他の女子二人もそんなに運動の得意そうなタイプではなく、みんな怪我なく終われたらいいねって雰囲気だ。サッカー部所属で固めてきているガチなクラスと当たってしまったら、オーバーキルされないうちに降参したい。

種目ごとに体育館のスペースを分け合って練習することになった。四組の方をちらっと見ると、半袖のジャージを肩まで捲っていかにも運動部という感じの子が数人いた。ジャージの着方でその子の運動に対する姿勢みたいなものがなんとなくわかる。とりあえず四組には負けそう、とぼんやり考えたとき、あ、と気が付いた。手のひらまで隠れる長袖のジャージを着て佇（たたず）む女子のひとり。知っている顔だった。中学のとき、チーズケーキの作り方を教えてくれた。畠山志保だ。

「ねえ、せっかくだし練習試合しない？」

渚が四組のチームに声をかけた。

「いきなり試合？」

「だって他になにすんの？」

「パス回しとかさ」

「あ、それやろう。一緒にやろうよ。そのあと試合」

渚と四組の運動部女子は知り合いらしく、トントンと話を進めて一緒に練習する流れになる。とりあえずフットサル用のボールとゴールを倉庫から持ってこようという話になった。渚たちが話している間も、体育館端の倉庫までぞろぞろと連れ立って歩く途中も、畠山志保はいちどもこちらを見なかった。中学のときと同じ、癖の強い髪をひとつに縛ったその横顔を、私は何度も盗み見た。向こうは私に気付いていないのかもしれない。気付いていて、あえてこっちを見ないようにしているのかもしれない。自意識が無駄にぴりぴりする。

倉庫の中は、先に準備に取り掛かっていたバレーチームの子たちで混雑していた。重い支柱とネットを運ぶ一団をやりすごして、私はフットサル用ゴールの手前に積んであった段ボールの箱に手をかけた。

「あ、倉石さん」

すぐ後ろで名前を呼ばれ、はっと振り返った。畠山志保が。彼女が私の名を呼んだ。すごく普通に呼んだ。

「それ重いから、たぶんひとりじゃ厳しいよ」

彼女の声を、私はとても久しぶりに聞いた。中一以来、四年ぶり。でもそのちょっとこもったような静かな響きを耳にすると、ああ、そうだこれが畠山志保の声だったなとすぐその感触に慣れる。そういえば、つい最近彼女の夢を見たのだ。いつもの姉を殺す夢シリーズに急にゲスト出演してきた。

「ああ、そう?」

咄嗟についい間抜けっぽい返事をしてしまう。畠山志保は私の向かい側に回り込んで私が手をかけていた箱の反対側を持った。とても自然に流れるような動作で。畠山志保さんがこの重たい段ボール箱を一緒に運ぼうとしてくださっている。「せーの」と、囁くような小声でかけ声をかけた。

力を入れて箱を持ち上げると、彼女の頭と距離が縮まる。ちらっと視線を上げると、その額、中学の頃は絶えずそこにあったニキビがなくなっていることに気が付いた。何が入っているのか段ボール箱はマジで重くて私は少しバランスを崩す。なんとかそれを倉庫の隅に置いて、ひとつ息をついた。

「ありがとう」

私の礼に、畠山志保はにこっと笑顔を返してくれた。それ以上なにか言うでもなく、踵を返すとゴールポストを運び始めている渚たちに交ざる。四組の腕捲りした女子のひとりと何か喋って、小さく笑った。ごくごく自然体な感じ。彼女はなにも、どこも張ったりしていない。緊張しているのは私だけ。

諸々の準備を終えて、皆で輪になってのパス練習から始めることになった。私はやっぱりボールを蹴るのが下手で、私のパスはぜんぜん意図しない方向に意図しない勢いで飛んでいく。同じくらい下手なのが畠山志保だった。五分も続けると皆もうそのことに気付き始めて、渚は「そこ二人が穴だな」と容赦なくでかい声で言った。「向いてないんだよ」と私は開き直った。「私も向いてないみたい」とすまなそうな苦笑いを浮かべる畠山志保に、腕捲りをした女子が「畠山さんはキーパーかな」と笑った。

　準備中も、パス回し中も、その後の練習試合でも、畠山志保は私に対してものすごく自然に、「前に同じクラスでちょっと話したことのある今は違うクラスの同級生」という距離感の親切な振る舞いをしてくれて、私はそれに戸惑った。そこに甘えて乗っかっていいのかがわからなかった。だって私は「畠山志保をものすごくいじめていた姉の妹」でもあるのに。睨まれたり無視されたりする方がわかりやすい。

　でも、今の畠山志保を見ていると、彼女がわざわざ労力をさいて私を睨んだり無視したりしてくれることはなさそうだとわかってきた。彼女は姉にいじめられていた中二のときのままじゃない。肌荒れは落ち着いて、ちょっとこもったような声は変わらないけれど話し方が少し大人びて滑らかになっているみたい。今のクラスに普通になじんで普通に過ごしているようだし、きっと四組には姉のような悪い人間もいないのだ。その平和を乱してまで私を睨んで特別扱いして過去を掘り起こしたりするよりも、ただの知り合いのひとりとして無難に処理しとこうと判断するくらいに畠山志保は大人。本当は私を糾弾してクソ女のクソ妹扱いしたいところをぐっと堪えているのかも。

　それともこんなあれこれは全部私の自意識からくる妄想でしかなくて、彼女はもともとたかが姉の妹でしかない私のことなんて超どうでもいいと思っていたのかな。チーズケーキのレシピを教えてくれたあのときの会話だって覚えているのは私だけなのかな。

「麻友はパス練習、絵莉は走り込みをそれぞれやっておくように」

練習終わり、渚からそんな指示が出された。帰宅部の私がパス練習なんてどこでどうやってやるんだよ、と思いながら、神経を使って疲れていたのでてきとうに「オッケー」と返した。片付けを終えて解散後、体育館から校舎への渡り廊下を通る途中で、校庭で同じく体育を終えた男子の集団が歩いていくのが見えた。私はいつものくせでヨシくんを探す。彼の猫背がすぐに見つかったけれど、見つけたところで別に嬉しくもない。とにかく今は、疲れて眠い。


帰り道、電車の座席に腰を下ろしたところで、姉に声をかけられた。「一緒に帰ろう」と、その桜色の唇が言った。私は驚きもしなければ恐れを覚えたりもせず、すんなりと彼女の存在を受け入れ、頷いた。ドアが閉まるとき、桜色の花びらが風に乗って舞い込み、隣に座った姉の足元で踊った。

「めずらしいね、お姉ちゃんと帰りの時間合うなんて」

姉は英語部に所属していて、帰宅部の私よりもいつも帰りが遅い。部活がない日は友達や彼氏と遊んでくることがほとんどだった。姉と一緒に帰るなんていつ以来だろう。

「部活辞めたんだよねー。なんかつまんなくって」

姉は軽い調子で言って、レベル低いんだもん、と付け足した。部活を辞めて、今の姉には友達も彼氏もいないのかもしれない。ちらっと横目でうかがうと、姉はほんの少し唇をとがらせて、その表情がなんだか子供っぽく見えた。

「せっかくだからどっか寄ってく？」

自分の提案に、自分でちょっと驚いた。私から姉を誘うなんていつ以来だろう。

「いいよ。ねえ、じゃあ、あそこ行きたい」

目的地はいつだって姉が決める。姉が口にしたのは、学校最寄り駅から数駅先に最近できたショッピングビルだ。いいよ、と答えながら、いつかの土曜日の記憶がよみがえる。一緒に買い物に行った先のコスメショップで、姉はリップオイルを盗ろうとした。きらきらでふわふわで素敵な物たちがたくさん並ぶショッピングビルの中で、姉はまたふと思いついたように万引きをするかもしれない。私はそれをまた、姉の機嫌を損ねないようにとビビりながら止める。いや、どうかな。もうビビったりする必要はないかもしれない。だって、姉なんてものがそんなに怖いか？　私よりほんの一年たらず先に生まれただけの姉。彼女がどんなに不機嫌になったって気にしなければいいだけの話じゃないか。そして、これはあまりにも希望的すぎる考えかもしれないけれど、もしかして今の姉なら私の話をちゃんと聞いてくれるかもしれない。ひとりぼっちになって、頼れる人間が私しかいなくなった今の姉なら、私の言うことに耳を傾けてくれるかも。万引きはいけないことだよ、とか、ひとの嫌がることをしてはいけないよ、とか、ひとに石を投げてはいけないよ、とか。今なら、姉を変えることができるかもしれない。

私たちは電車に揺られ、たどり着いたぴかぴかの新しいビルへと足を踏み入れた。強い照明の降り注ぐエントランスには早口の英語のアップテンポなBGMが流れていて、吹き抜けの中心部にはカラフルなバルーン。オープンしたばかりとあって、どこのフロアも混んでいるようだった。

姉は気ままにお店を渡り歩いて、私はその後ろをついてまわった。姉がなにか商品を手に取るたびに、私は神経を尖らせた。お姉ちゃんの盗みを止めて更生させる。きっと今日がそのチャンス。でも、姉はなかなか犯行に及ばない。何軒目かのお店で、二人でお金を出し合って、ミントブルーのマニキュアを一本だけ買った。欲しいと言ったのは姉だけど、私も気に入った色だったから、なにも不満はない。普通に楽しいお買い物。

「ねえ、上はなんだろう」

下の階から見ていって、六階のフロアぶち抜きの雑貨屋をふらふらしていたとき、唐突に姉が立ち止まった。指さしたのは、先ほど上ってきたエスカレーター。七階に上がるためのステップが止まっていて、乗り口には黒いチェーンがかかっている。近づいてみると、準備中、立ち入り禁止、の札がかかっていた。

「上のフロアはまだやってないって」

「行ってみたい。行ってみよう」

「え、いやいや。ダメでしょ」

「階段どこだろ」

姉は私の制止を綺麗に無視して、きょろきょろと視線を巡らせながら歩き出した。非常階段の案内表示はすぐに見つかった。迷いない足取りでそちらに向かう姉の後ろを、私は「いやいやいや」とついていった。売り場からは死角になる非常階段の踊り場、姉は一瞬だけフロアに視線を投げて、自然な動作で「準備中」のチェーンを越えた。

「いや、ダメだって」

「なんで？　ちょっと見るだけ」

「入るなって書いてあるじゃん」

「見るだけだって言ってるじゃん」

「ダメだよ」

「バレたらちゃんと謝るよ」

「ダメだって」

私はまぬけな制止を繰り返した。盗みはいけない、と諭す覚悟はしていた。でも、こんな小学生みたいなバカないたずらを止めることになるとは予想していなかった。小学生ならいたずらで済むかもしれないけど、私たちなら不法侵入だ。

「麻友は別に来なくていいよ」

姉は私に背中を向けて階段を上り始めた。一段上がるごとに、さらさらの髪が左右に揺れる。折り返しの踊り場で振り返ったその顔はにっこりと笑っていた。私がついてくると思っている。

子供の頃の私なら、間違いなくそうしていた。いつだって姉においていかれるのが怖かった。お姉ちゃんは私の世界のボスだったから、世界の中心である彼女にどうでもいい無価値な存在だと切り捨てられることが怖かった。

「まったく……」

呟いて、私はチェーンを越えた。いや別に私も子供の頃から成長できていないとかではなくて。今はあいつを見張っていなくちゃ。

追いついた私に満足そうに笑みを深くする姉に、私は仏頂面を保った。すぐに見つかって追い出されればいいと思っていたけれど、たどり着いた七階のフロアにひとの気配はなかった。

壁や天井には白いビニールがかかっていた。床には何かの印のためかビニールテープが貼られている。これから入る予定のテナントの仕切りなのか、あちこちの天井からも半透明のビニールが垂れ下がっていて、遠くまでは見通せない。踊り場を出てすぐのところにはつぶされた段ボールやゴミの袋が雑に積み上げられていて、文化祭前日の教室欠けるけど。

の乱雑さを思い出す。こちらはテープもビニールもすべて白一色なので、いろどりには
「散らかってる。準備中じゃん」

「いや、だから立ち入り禁止だって書いてあったじゃん」

「もっとお店とかできてるかと思ったのに」

「まあ、確かに。下とはえらい違い……」

「誰もいないね」

ビニールの間をぬって姉は歩き出した。中央にあるエスカレーターの周りには白いパーティションが立てられていて、他のフロアからは完全に隔離されている。それでも、下の階の賑わいが空気を通して伝わってきて、この階の静けさが余計に際立つ。テープの貼られた床は私たちの足音をほとんど完全に吸収している。姉は誰かに見られたり出くわしたりすることをまったく恐れていないようで、堂々とした足取りで進みながら手近なビニールを気まぐれにめくった。早く飽きろよ、もう戻ろうって言い出せよ、と思いながら、私も正直、ほんのちょっとだけわくわくしていた。完成前のお店の中を見られる機会なんてそうそうない。悪いことをしているっていうスリルもある。それにこんなの、誰を傷つけるようなことでもないし。

「ねー麻友ちゃん」

歩きながら姉が言った。私は点々と散らばる段ボールを踏まないように、よそ見をしながら「なに？」と答えた。

「お姉ちゃんのこと好き？」

私は顔を上げた。いつのまにか、姉の背中が遠い。声はクリアに聞こえたのだけど。鈴を転がすような姉の声はよく通る。その遠い背中の向こう、奥の壁のところ。エレベーターの扉が口を開けていた。

「え、あれ……」

違和感を覚えて目を凝らした。開いたエレベーターの奥。薄暗い空洞の中に、むき出しのコンクリートと、垂れ下がるケーブルのようなものが見えた。

「あー。なにこれ、危ないね」

姉も同じことに気が付いた。口を開けたエレベーター。その中身の箱がない。他の階に停まっているのかも。階数を表示するパネルは明かりが消えていて、電気が来ていないみたい。とにかく、そう、危ない。落ちたりしたら。

「待って」

私は姉に追いつこうと足を速めた。姉は真っ直ぐにエレベーターへと向かい、すぐにその縁にたどり着く。右手を壁に置いて、その向こうをのぞき込む。危ない、と思った。

「何も見えない。暗くて」

「危ないじゃん。下がってよ」

「何か落としてみよっか」

「やめて」

走ったわけでもないのに、心臓がどきどきしていた。なんだか息が吸いづらい。姉の後ろ、二メートルの距離まで近づいた。「危ないってば」と繰り返す。

「落ちたら死んじゃうね」

姉は私を煽(あお)るみたいに、笑い交じりにそう言った。私は自分の両手を見た。指紋が残る、と思った。

「だから、下がりなよ」

「麻友って高いとこ怖いんだっけ？」

「そういう怖さじゃないじゃん。普通に危ないでしょ」

言いながら、天井に視線を走らせた。ビニールに覆われた白い天井。監視カメラはない。私は一歩足を踏み出す。姉はまだ身体を乗り出して、穴の底を見下ろしている。危ない。ほんとに落ちたらどうするの。偽りなくそう思いながら、私は呼吸を整えていた。やがて姉が身体を引いた。壁に置いていた右手を離して、くるりと振り返る。

「お姉ちゃんが落ちちゃうと思った？」

その顔は笑っていた。自分が落ちたりするわけがないと思っている。私はもう一歩足を踏み出して、姉のお腹を思い切り蹴った。

どっ、という音がした。蹴ったお腹からのようにも聞こえたし、口から漏れた音にも聞こえた。姉の身体はくの字に折れて、エレベーターの穴の中へと倒れこんだ。その両手が空をかいて、垂れ下がるケーブルを一瞬、摑みかけた。私は、摑むな、と念じた。思いが届いたみたいに、姉の指先はぎりぎりのところでケーブルを逸れて、蹴られた勢いのまま落ちていく。投げ出された足が最後に空を蹴った。それで終わり。

バン、と大きな音が穴の底から響いた。私は一歩後ろに下がった。耳を澄ましてみたけれど、その後はなにも聞こえてこなかった。叫び声も、なにも。姉は死んだと思う。私は姉を殺した。そこで目が覚めた。私は西日が差し込む電車の中にひとりで座っていた。

七つも乗り過ごした駅を引き返してだいぶ時間がかかったのに、帰宅した家には誰もいなかった。私の掠(かす)れた「ただいま」は薄暗い廊下に霧散した。朝の空気が停滞したままのリビングに入るとやたら身体が重く感じられて、私は制服のままソファに身体を沈めた。電気もつけず、スカートのしわを伸ばすこともしなかった。内臓や脳の一部がまだ深い眠りの中にいる感じがして、そういう些細なあれこれがすべて面倒だった。

開いたままのカーテンから覗く庭をぼんやり眺めた。日は完全に落ちていたけれど、室内よりも外の方がまだ少し明るい。

子供の頃、家族みんなが死んでしまう夢を見たことがある。目が覚めた私はすごく泣いた。夢の内容が悲しかったこともあるけれどそれ以上に、こんな恐ろしい夢を見たりしてそれが現実になってしまったらどうしようと怖かった。私が不吉な夢を見たせいでみんなが死んだら。私はベッドから飛び出して、一階へと駆け下りて、窓の向こうで草花に水をやっている母を見つけて裸足(はだし)のまま庭に出た。母のお腹のあたりにしがみついて、夢の内容を話した。お姉ちゃんがなにか鋭い爪を持った大きな怪物に襲われて、姉を守ろうとしたお父さんとお母さんも一緒に殺されてしまったこと。私はそれをひとり離れて見ていたこと。

母は土の匂いのする手で私の頭を撫でて、それは怖かったね、と慰めてくれた。少しして私の涙が落ち着くと、膝を曲げて視線を合わせ、にっこり笑った。でもね、怖がることなんてないのよ、と。

「ひとが死んでしまう夢を見るとね、そのひとの寿命が延びるのよ」

母は当たり前の道理を説明するように穏やかな口調でそう言った。だから麻友ちゃんはみんなの寿命を延ばしてくれたの。ありがとう、おかげでみんな長生きできるなあ。よかったよかった。

子供心に、いや、そんなシステムがあるのかな？　と疑問を抱いた。でも私は母の話を積極的に信じることにした。化け物に襲われる家族を見殺しにした罪悪感から逃れたかったから。母は迷信や占いなんて信じないひとだ。あのとき急に謎の夢占いを持ち出したのは、怯えるかわいそうな子供を慰めるために都合のいい話をでっち上げたんじゃないかと思う。

そう理解してはいるけれど、私は今でも誰かが死んでしまうような悲しくて寝覚めの悪い夢を見るたびに、まあでもそのひとの寿命が延びたからオーライ、と母の占いを適用させて心を落ち着けている。結局、ままならない夢の内容なんかに罪悪感を抱く必要なんてないと納得しているから。

だから私はさっき電車の中で、うたた寝の夢の中で姉を殺したことも少しも気に病むつもりはない。こちらに笑みを向ける無防備な姉の腹を蹴ってエレベーターの底に突き落として殺したことを気にしない。腹を蹴った瞬間の、どっ、という音と穴の底から響いたバン、という音がまだ耳に残っているけれど、そんな音は私が頭の中で作り上げた空想上のサウンドに過ぎない。現実の空気は少しも震えてないので、何にも影響を及ぼさないし、何を釈明する必要もない。

ただ不思議だった。私はどうして姉を殺したんだろう?

夢の中で、私は姉を恐れてはいなかったと思う。姉と一緒に帰ることになる、なんて悪夢の始まりを、季節外れの桜の花びらとともにとてもすんなりと受け入れた。そうだ、途中までは、今なら姉の悪さを矯正（きょうせい）できるかもしれない、なんていつになくポジティブなことだって考えていた。今の姉はひとりぼっちで弱くて危険じゃない。善良なクラスメイトの正しさにはじきだされた憐れな女。そう理解しながら私は姉を殺したのだ。どうしてだろう。なんのために？　なんのために私は姉を殺（や）ったんだ？

　もしかして。

　もしかして私が姉を殺したかったのは世界のためでも周りのみんなのためでもなくて、ただ私が、姉を嫌いだから？　姉が悪い人間だからじゃなくて。姉が今後誰かを傷つけるとか傷つけないとかは関係なくて。ただ殺したいくらいに大嫌いだから？

　玄関から、扉の開く音がした。「ただいまー」と明るい声が続く。バタバタと足音が響いて、リビングのドアが開く。ぱっと電気がついた。

「ただいま。どうしたのー？　電気もつけないで。麻友ちゃんくらーい」

　華やかな笑顔の姉は見るからに上機嫌だった。嫌な予感がした。

5

有紗（ありさ）は親友だった。

中一で同じクラスになって、たまたま隣の席になって、一言二言言葉を交わした。それだけで、すぐにこの子と仲良くなれるとわかった。特別なエピソードがあったわけじゃない。表情や話し方や話す速度や冗談の好みが同じだった。今まで出会ったどんな友達よりも気が合う。世界にはこんな他人もいるのかと驚いた。彼女はどんな友達よりも、姉よりも、ずっと深いところでわかり合える無二の存在。

休み時間、有紗はよく教室の窓枠のところに腰掛けて、ベランダに足を投げ出して座った。私はベランダに出て手すりに背中を預けて、太陽にじりじり首の後ろを焼かれながら話した。くだらない、エピソードにもならないようなしょうもないお喋りをしながら、私は、一年ごとに入れ替わる、ただ同じクラスをやり過ごすだけの友達じゃなくて、本当の友を得たと思った。

有紗も同じように感じてくれていたんじゃないかと思う。進学とか、受験とか、どんな仕事につきたいかとか、どんなひとと結婚したいかとか、遠い未来について話すときも、なんとなく私たちは一緒にいることを前提に話を進めていた。有紗は、私と当時私が片思いをしていた男の子との結婚式でスピーチをすると言い張っていた。私は彼と結婚するなんて未来はまるで信じていなかったけれど、自分の大切な式で有紗がスピーチをするという未来は、わりと信じていた。

親友だったからなんでも話した。

姉のことだって話した。

有紗は姉のことを、嫌って当然の最低のクソ女だと言ってくれた。高校は絶対にそんな女とは違う所に行った方がいいよ。アルバイトをしてお金をためて、大学生になったらひとり暮らしを始めたらいいよ、と。そうだよね、その通りだよね、と私は答えたんじゃなかったかな。

有紗と一緒にいたときは、姉と離れて生きる未来を、私は自然に想像していた。姉から離れるために姉を殺す必要なんてないとわかっていた。

有紗は正義感が強くて、曲がったことが嫌いで、思ったことは素直にはっきりと言う。男の子みたいに髪が短くて、目はちょっと鋭い感じに細くて、よく笑う唇は厚い。内面も外見も、姉とは正反対のタイプ。そして有紗はそのころ、クラスで一番か二番目くらいに、ちょっと、わりと、太っていた。

なんでも話せる大切な親友。世界で一番の理解者。でも私は有紗が自分の見た目をものすごく気にしていると知らなかった。


機嫌がいいね、と言った。

姉は朱色の唇の両端をきゅっと上げて、「そうなの」と答えた。

軽やかな、それでいてどたどたと無神経な足音を立てる絶妙な歩き方で、姉はリビングを横切った。その後ろ姿を、ついさっき夢のなかでも見た。垂れ下がった半透明のビニールの間を行く華奢(きやしや)な背中。現実の姉の方が、すこし髪が長い。

「いいことあったの?」

まだ醒めきらない頭で、私は尋ねた。尋ねたりなんかしなければいいのに、と思う。でも、私は姉が聞かれたがっているそぶりを見せることは聞いてしまうし、言われたがっているように見えることは言ってしまう。なにかを考えてそうしているわけではなくて、幼い頃から身体に染みついた癖。考えるより先に、姉の機嫌をとろうとする。私の中にはもうそういう反射の回路が出来上がっている。

「ショウくんと一緒に帰ってきたんだ」

キッチンから戻ってきた姉は、イチゴのアイスを手にしていた。前に私が食べていたときにはクソまずいよねと貶(けな)していたそれを、美味しそうに齧る。

「ショウくん？」

確か、姉の年上の彼氏だ。いや、でも彼はいつのまにか死んだかなにかでいなくなって、姉の相手は同じクラスの野球部の子に替わったのだと思っていたんだけど。

「そう。お姉ちゃん今ね、クラスの酷い子たちに意地悪されてるんだあ。その相談に乗ってもらったの」

「は？」

「いじめられてるの、私。すごいかわいそうでしょ？　ほんとうざくて泣いちゃいそう」

「いや、え？　うそ」

姉は「ほんとだよお」と唇をとがらせた。

「なんかね、お姉ちゃんの言うことがぜんぶ気に入らないとか言って」

「え、でも、それはさ」

「そしたらショウくんがすごい心配してくれてね。なんかね、愛を感じちゃった」

姉はふふ、とはにかんで、またアイスをひとくち齧った。違う、そんな話が聞きたいんじゃなくて。

「待って、それはさ、え、誰？　誰が、お姉ちゃんをいじめてるの？」

「吉沢ってブスとか」

杏奈が言っていた、姉の暴言に怒ったという子だ。正義感が強くて真っ直ぐだ、という。姉が小西さんという子の見た目やなんかを揶揄したことに怒ったのだ。そんなの完全に姉が悪い。いや、もちろん私はその現場を直接目にしたわけではないから、誰が悪いなんて本当のところ判断できないんだけど。でも、杏奈の話と姉の言い分なら、私は百対ゼロで杏奈を信じる。十六年生きてきたうえでの経験から考えて、吉沢さんは悪くない。

「それは、さあ……。どうして？　その子はどうしてそんな風に言ってきたわけ？」

姉は自分の非を認めない人間。でも、いくらなんでも、こんなに簡単でシンプルな非くらいは認めてほしい。酷いことを言ったのは姉の方で吉沢さんはそれを注意しただけ。それを「いじめ」というのはちょっと、いくらなんでも度がすぎるというか。

「さあ？　どうせ嫉妬とかじゃない？　お姉ちゃん可愛いからさあーしょっちゅう嫉妬されるー」

姉は歌うように語尾を伸ばすと、テーブルの上のリモコンを手に取りテレビをつけた。流れ出したバラエティ番組の笑い声がうるさい。

「いや、でも、理由くらいあるでしょ」

「麻友ちゃん、いじめに理由なんてないんだよ。悲しいことだけど」

姉はテレビの画面を見つめたまま言う。そのいかにも悲しそうに眉の下がった横顔を見ながら、私は、こいつマジかよ、と思う。

姉はかわいそうな被害者を装おうとして、自分に非があることも吉沢さんの正しさもぜんぶわかったうえで「いじめられている」なんて嘘をついているのかな。それとも、本当に心から自分に非はないと信じていて、ただ純粋に可愛い自分がブスの嫉妬により理不尽ないじめを受けていると考えているのかな。

あはは、と姉が笑った。

心からテレビを楽しむその笑い声を聞いて、その横顔を見て、わかった気がした。姉はたぶん、なにも考えていない。

悪口を言うのが好きだから悪口を言って、怒られるのは嫌いだから腹が立って、気分を害されたから自分は被害者、という、ただどこまでも自分が中心の世界にいる。誰が正しいとか、間違っているとか、そんなこと考えてもいない。なんにも考えていない姉はなんにも学習できなくて、つまり、姉はクラスで孤立しはじめたこのことをきっかけにひとの痛みを知るとか自分の悪さを反省するとかそういう成長もしない。

今なら、もしかしたら姉の悪さを矯正できるかもしれないなんて期待していた数時間前の自分がすごくバカらしく思えた。姉は一瞬でテレビに飽きたようでスマホをいじりだしている。

「でもショウくんがなんとかするって言ってくれたんだ」

「え？」

「愛を感じちゃうよね」

「え、なに、どういうこと？　なんとかって？」

「さあーわかんないけど、ショウくん、結構怖いひとだからね」

「怖いひと？」

私は馬鹿みたいに言葉を繰り返した。怖いひと。怖いひとってなんだ？　怖い……っていってもいろいろある。世の中いろんな怖いひとがいる。私は姉だって怖いし、子供の頃公園で腕を摑んできた、姉がいじめていた方のショウくんの母親はめちゃくちゃ怖かった。そういう怖さ？

「どういう怖さ？」

私は尋ねた。

「んー？　なんかショウくんのお兄さんとかお父さんとかも怖いひとらしくて」

だからどういう怖さなのかって聞いてんだよ。ショウくんの何親等まで怖いのかとかは聞いてねえよ。

「どんなふうに怖いの。その、怖いひとが言うなんとかするって、つまりなに？」

イライラを押し殺して聞く。

姉はそんな私を煽るように「さーあ？」と首を傾げた。

「知らないけど。吉沢をこらしめてくれるのかもね」

「こらしめる、って、なにそれ。なにするわけ？」

「知らないってば。殺してくれたらすっごいうれしいけど。さすがにそこまでは期待しないかな」

　姉は首を傾けたまま頬を膨らましてみせた。まるで意味のない表情。どこまで本気なのか読み取れない。ショウくんは本当にそんな反社会的なレベルで怖いひとなのか？　殺してくれる、可能性がわずかでもあるのか？　比喩(ひゆ)でなく？　殺すとかヤバい。すごくこわい。

　吉沢さんの身の安全のために今姉を殺しておくべき、という義務感がわいた。というか、そんな義務感を抱くべき、という発想が浮かんだ。

　でも私はついさっき夢の中で一生懸命頑張って姉を殺ったばかりだっていうのにまた同じことをしなきゃいけないの？　ちょっと今、疲れてるんだけど……。それに姉を始末したところですでにやる気になっている怖いショウくんは止まらないかもしれない、とすれば私はショウくんも殺さなくてはいけない？　姉の妹として、そこまでしなきゃならない責任が私にある？　妹が負うべき責任は姉の周辺にまで及ぶもの？

　及ばない……よね？

　やっぱり疲れていたので私はひとまず考えることをやめて目を閉じた。そのままソファに横たわると、電車の中でも眠ったのにすぐに眠気がやってきた。瞼の裏に会ったことも見たこともないショウくんが同じく顔のない吉沢さんを殺すビジョンが見えた。

「スカートがしわになるよ、麻友ちゃん」と、地獄の底から甘い声がした。


吉沢さんに接触するべきか迷った。

忠告かなにかした方がいいかと思ったのだ。うちの姉があなたのことを逆恨みして怖い彼氏に殺させようとしているみたいだから気をつけてね、とか。でもいきなりそんなことを言われても困るだろうしなんならそれこそ脅迫って感じがする。姉がへらへら喋っただけの情報をどこまで真に受けていいのか私自身もわかっていないのに、それを拡散してもいいものか。

「どうかした?」

「え?」

「眉間、しわよってるよ」

ヨシくんが私の顔をのぞき込むように首を傾けた。彼は本当によく気がつく、心配りのできるひと。

「ああ……うん。どうしても、真っ直ぐ蹴れないんだよね、ボール」

「あー、フットサル」

ヨシくんは小さく笑って頷いた。

ヨシくんの前で眉間にしわをよせるのもヨシくんに嘘をつくのも以前の私なら絶対にしたくなかったこと。でも今の私には余裕。心はまったく痛まない。

「あまり頭で考えすぎないで、リラックスして、身体の力を抜いてさ。軽い気持ちで蹴ってみたらいいいんじゃないかな」

けれどヨシくんは優しく親切に真剣にそんなアドバイスをくれるものだから、遅れてちょっと気が咎めた。

だからといって本当のことを彼に相談したところでまったく無意味、時間の無駄、ということはわかっている。どうせまた家族を信じる大切さとか心を開いて話し合えばわかり合えるみたいなグウの音も出ない良い話を聞かせられてみじめなイライラがつのるだけだ。ていうか実際に今ヨシくんがくれたアドバイスだって、球技が本当に絶望的にできない人間サイドから言わせてもらえば何もわかっていなさすぎて呆れちゃう。リラックスしたくらいでボールが真っ直ぐ蹴れたら苦労しない。「どうしてもできない」っていうのは本当になにをどうしてもできないってことなんだって、世の中にはどうしようもないことが確かに存在するんだって、そういう事実をヨシくんはその優しさで切り捨てる。彼はできる側の人間で、持っている側の人間。

そんな説明をする気にもならない私は、うるせえなあできないもんはできないんだよ、をのみ込んで「そうだね」と答えた。

ヨシくんは「まだ大会まで一週間あるし、頑張ろう」とか言ってる。はいはい。

結局私は姉とショウくんの脅威についてどのように取り組むべきか、具体的な対処どころかふわっとした方針も決められないまま、数日をただやり過ごした。一応、杏奈と顔を合わせるたびに、教室での姉の様子に加え吉沢さんについてもそれとなくうかがってみたけれど、彼女は普段と特に変わらず元気に学校に来ているらしかった。

杏奈から吉沢さんの生存確認を受けるたびに私はひとまずほっとして、その安心感に甘えてなにもしない時間をずるずる延ばした。とりあえずまだ大丈夫っぽいからまあいっか、という。ただ、そうやって延ばされたぬるい時間を過ごすうち、気が付いた。私がこうやってへらへらしていられるのって、吉沢さんに危害を加えるのがショウくんなら、姉が罪に問われないのなら、吉沢さんがどうなったところで私の生活が脅かされることはないな、という無責任な気持ちがあるからかもしれない。

私は吉沢さんのことなんてどうでもいいのかもしれない。

夢の中で私は姉を殺した。世界を守るためではなくただ殺意の赴くままに殺した。

どうして私は姉を殺したんだろうとずっと考えていた。あの夢を何度も思い返して考えてみたけれど、姉を蹴った瞬間の私は別に姉のことをものすごく嫌いとか、憎いとか、そういう感情は持っていなかったような気がしている。ただ、自分のため、という感覚があった。自分のためにはこうするのが一番ベストなんだという確信。世界に対して無害と思ったあのときの姉を殺すことが、どうして自分のためになると思ったのかはわからないけれど。

とにかく、私は自分のためには姉を殺したくせに、姉を叱ってくれた吉沢さんのためには本気で必死になって行動しようとはしていない。どうかなにごともありませんようにという気持ちはあるけれど、日に日にきっとなにごともないさという楽観が強くなる。

「ナイスパス！」

私のよろよろしたボールを受けた渚が声を張り上げた。ナイスパス、なんて人生で初めて言われた。リラックスして蹴ることをなんとなく意識し始めてから、ボールが前よりは真っ直ぐ跳ぶようになってきた。

「いいね、麻友。ぜんぜん上手くなってるじゃん」

完全に、ヨシくんの助言のおかげだ。認めるのは癪だけど。ちゃんちゃらおかしいしようもないアドバイスと嗤っていたことを、胸のなかでちょっと謝る。

「いいなー麻友ばっかり褒められて」

隣で絵莉が悔しそうに顔をしかめた。

「あんまりね、頭で考えすぎないのが大事なの」

私はすぐに受け売りを披露した。

球技大会を直前に控え、体育の授業の後半がまたその練習時間にあてられた。渚はまた張り切って、すぐに合同で授業を受けていた五組との練習試合を取り仕切った。体感だけど、もしかしたら五組には勝てるかもしれない。いかにもやる気に乏しそうな、気怠げなギャルがメインのチーム。

「ねえ、私は考えたんだけど」

絵莉はしわを寄せていた顔をほどいて、小さく笑みを浮かべた。

「球技大会で言うのがいいんじゃないかな」

「言う？　なにを？」

「ヨシくんにさ」

「うん」

「言うんだって、気持ちを」

「ああ」

周りを気遣ってほとんど囁くように目配せをする絵莉に、私はようやく理解した。球技大会の日に告白しろ、ってことね。

「そうだね」

「ね、いいよね。すごくいいよね。なんかさ、球技大会とか地味だけど、君たちにとってみたら一緒に頑張って準備してきたイベントなわけじゃん。そういう、ふたりだけの共通の、なんか」

絵莉は静かにテンションをあげて肩を揺らした。絵莉が楽しそうでなによりだ。でも、いいかげん本当のことを伝えなきゃなあ、という気もしている。それこそ球技大会の日にでも打ち明けようか。彼のことは良いお友達だなって気付いたの、とか。

チャイムが鳴った。

今日の練習はなんだか楽しかった。ボールが真っ直ぐ蹴れたおかげだ。つまりヨシくんのおかげ。良いひとというのは周りの人間にも正しく良い影響を与え幸せにしてくれる。幸せになれないとしたら、問題はその正しさを受け取るこちら側にあるんだ、どうせ。

「あ、ねえねえ」

片付けを終え教室へと戻る廊下の途中、ふと思いだしたように絵莉が言った。

「午後にさ、現国の授業あるじゃん」

「ん？　うん」

「私、麻友のお姉ちゃんに教科書貸しっぱなしだったんだよね。一組に取りに行こうと思うんだけど、一緒に来てくれない？　なんか照れちゃってさ、ひとりじゃ行きづらいなって」

「え、あいつまだ返してなかったの？」

思わず、あいつ、と呼んでしまった。絵莉は「あいつって」と、面白がって笑った。

「いいなー、仲良さそうなかんじ。同級生だもんね、うらやましい」

「いや、ごめん知らなかった。とっくに返してると思って」

「いやーいいんだよ、今日まで使わなかったし。私も忘れてて」

借りたものを返さない。姉はそういう人間だった。私もうっかり、忘れていた。

姉のそういうところが本当に嫌いだ。他人に対してなんの理由もなく悪意を向けたがる性質はもちろん相当やっかいだけど、こういう細かなところでまったく誠意に欠けていて、他人をないがしろにするところもかなり嫌。絵莉に教科書を借りるとき、姉は「すぐ返す」と言った。絶対に言った。絵莉は笑って許してくれているし、こんなの一回きりのエピソードとしてみたら大したことじゃないかもしれないけれど、それが姉のニュートラルな性質かと思うと本当に嫌いだしうんざりする。

「着替え終わったらさ、私回収してくるよ」

「え、いいよー一緒に行こうよ」

「うーん……、大丈夫。姉の不始末だからね、私が取ってくるよ」

私は姉と絵莉を再び会わせることが嫌だった。絵莉は「不始末とか大げさ」と笑いながらも、「じゃあお願いしよっかな」と頷いた。

私はブラジャーがむき出しになるのも気にしないで大急ぎで着替え、廊下に出た。お昼休みの廊下は解放感に満ち溢れて、あちこちにたむろする生徒たちはみんな幸福そうに見える。こんなうんざりした気持ちでいるのは私ひとりだけに思える。休み時間にわざわざ姉の教室に出向くなんて初めてだ。

ざわめく廊下を早足で抜け、いくつかの教室を通り過ぎた。とっとと取るもん取って戻ろう。そう思っていた。ただ、一組の扉が目に入ったそのとき、私の頭に急にあるビジョンが浮かんだ。乱雑に並んだ机、お昼休みに華やぐクラスメイト。その真ん中の机にひとりぽつんと座る、うつむいた姉の姿。

クラスで孤立しているかわいそうな姉。

ざまあみろ、と心から思っている。自業自得で孤独になってなお一ミリも反省せず、逆恨みした相手を彼氏を使って攻撃しようと企む姉。あいつがどんな目にあったところで気の毒だとは思えない。でも、かわいそうな姉の姿を、私はなぜか見たくない。

踏み出した足の歩幅が狭くなる。姉のクラスになんて行きたくない。でも絵莉の教科書が、とためらっていたとき、ちょうど一組の教室の扉から出てきた人影が「あ」と声を出した。

「倉石さんじゃん」

「あ」

高梨くん、と私は答えた。

半袖から伸びた地黒の腕。その右手にはまだ六月だっていうのにハンディファンを持っていて、気の早い夏っぽい佇まい。高梨くんも一組だった。

「こっちで見るの珍しい。山さんに用？　呼ぶ？」

「あ、いや」

「あーでも山さんもう購買行ったかな。あのひといつも昼休み入るとダッシュで消えるから。うちの購買とか別にそんな人気なもんないし普通に行って買えるのにね」

「うん……、でも今日は杏奈に用じゃないんだ。あの、悪いんだけど、倉石凜、呼んでもらえる？」

「え？」

高梨くんは一瞬、心から不思議そうな、きょとんとした顔をした。でもすぐに目を見開いて、「あー！」と大きな声を出した。

「そっかそっか、忘れてた。倉石姉妹じゃんね。そうだったそうだった。いや、なんかやっぱふたりタイプ違うからさ、すぐ結びつかなかったわ。だよね、お姉さんだったね、倉石さん。いやどっちも倉石さんだけど」

周りを行き交う生徒たちの目が、高梨くんの大声に吸い寄せられる。一年間伏せてきた私たちが姉妹だという情報が垂れ流される。

「うん、だから」

とっとと呼んでよ、と言い切る前に、高梨くんはくるりと背中を向け、教室に向かって声を張り上げた。

「おーい倉石さん！　妹さん来てるよー！」

私は彼のワイシャツの端を思い切り引いた。

「高梨くん、ちょっと、恥ずかしいからさ、あんまり大声」

「えー！　ほんとー？」

教室の中から、高梨くんと同じくらいの声量が応えた。よく通る甘い声。耳にするだけで、胃の辺りがぐっと重くなるような。バタバタと足音が聞こえた後、すぐにその姿が現れた。

「あーほんとだ。麻友ちゃん」

花開くようににっこりと、姉は笑みを浮かべる。

「あ、やっぱふたり並ぶとちょっと似てる感じするかも。なんか雰囲気とか？　別々にいると気付かないけど」

「え、高梨くんって、麻友ちゃんのこと知ってるの？」

姉は高梨くんにその愛くるしい顔面を向けて、ちょっと首を傾げて彼の目を見つめた。長いまつ毛に縁どられた大きな瞳で見つめることの効果を、姉はよく知っている。高梨くんは簡単に照れた。

「あ、う、うん。ほら、球技大会の実行委員で、一緒で、ね」

「えーいいなあ。高梨くんも麻友ちゃんもいるなら私も実行委員やればよかった」

姉は高梨くんを見つめたまま唇をとがらせた。高梨くんは答えに窮したようで、「ははは」と意味なく笑い声をあげた。

「ねえ、絵莉の教科書、もってるでしょ。今日使うからさ」

「絵莉？　って誰？」

「先週現国の教科書貸してあげたじゃん。うちのクラスの」

「あー！　あのかわいい子ね」

かわいい、という褒め言葉も、姉が口にするとなんだか一方的で無礼なジャッジに聞こえて不快だ。でも私は、そう、その子、とだけ答える。

「ちょっと待っててね、たぶんあると思う」

姉はスカートを翻して軽やかにターンを決めると、またバタバタと足を鳴らしながら教室に戻っていった。「たぶん」じゃ困るんだけど。姉に貸したものをなくされたり壊されたりしたたくさんの思い出が頭を過る。

「仲いいね」

「え、うん。そうだね」

高梨くんはなにも含むところのなさそうなカラッとした笑顔で、私たちをそう評価した。彼がクラスで浮いているという姉をどう思っているのかはわからない。彼のような男子は、クラス内の人間関係についてのごたごたなんかにはあまり思うところもなさそう。それって賢さなのか、鈍さなのかはわからないけれど。

姉はすぐに戻ってきた。その手にはしっかり桃色の教科書が握られていてほっとする。

「はい、どうぞ」と、姉はまるで自分が今からその教科書を貸してやるんだというような口ぶりで言う。細かなことだけどイラッとした。

「うん、それじゃあね」

「えーもう戻っちゃうの？」

「うん。お昼まだだし」

「さみしいなー。ね、薄情でしょ？　うちの妹」

私は一歩足を引きながら「また家でね」と声をかけたけれど、もう姉は一切私を見ていなかった。高梨くんの目をまたのぞき込んで小首を傾げている。高梨くんはまた、照れている。

私はふたりに背を向けて歩き出した。姉にうんざりする気持ちはあったけれど、結局いちども一組の教室を覗かずに済んだことについては安心していた。高梨くんを特に意味なく照れさせて喜ぶ姿を見る限り、ひとりぽつんと寂しくうつむく姉なんてものは存在しなそうだとわかった。

それからもうひとつ。吉沢さんの顔を見ずに済んでほっとした。私は彼女の顔を知りたくない。知らないでいられたらまだもう少し、自分が彼女のためになにもしていないということに目をつぶって、ぬるい時間の中にいられる。

ぬるい時間はあっという間に過ぎる。


イベントの日の朝は、いつもより早く目が覚める。子供の頃からそうだった。

今朝も姉を殺した。今日は撲殺バージョンで、だからそういう殺人とバレる殺し方じゃダメなんだってば！　とキレながら目覚めた。夢の余韻にイライラしながらカーテンを開けると空はまだ薄暗くて、スマホで時間を確認し、いつもよりすごく早起きをしてしまったとわかる。それから、今日は球技大会だ、と気づいた。みんなで一生懸命準備してきた球技大会。

私はすぐにベッドをおりて、身支度に取りかかった。そして結局、いつもより一時間も早く家を出てしまった。駅への道を歩いているときもまだ東の空に朝焼けが残っていて、ラッシュ前の電車はがらがら。けれど、いつもの癖で定位置の扉の前に立った。窓の向こう、水色と桃色の透ける薄い雲が流れていく。

早起きのおかげで、今朝は姉といちども顔を合わせずに済んだ。

よかった。今日という日の始まりに、姉を視界に入れずに済んだのは素晴らしいことだ。

いつもの駅で、もちろんヨシくんは乗ってこない。いくら実行委員だからってこんなに早く登校する必要はないから、当然。でも、ちょっとさみしいな、と思った。毎朝彼と一緒に登校できることを、私はまだ嬉しく思っていたみたい。あくまでお友達としてだけど。

ひとり電車を降りて、学校への坂道を上がる。歩きながら、どうか今日の大会が、なにごともなく平和に終わりますようにとお日様に祈った。

なにがどうなってそんな状況になったのかはわからない。でも気付いたら私は敵のゴールの目の前にいて、足元にボールが来ていた。

初戦の四組を相手に、攻めるのは主に渚の役割だった。渚は常にボールのあるところ目がけて走っていって、その後ろをよたよたと絵莉が追いかける。私を含む他のメンバーはなんとなく空いたスペースをキープしゲームに参加している感を出しながら、パスが回ってこないことを祈る。決してやる気がないというわけではなくて、これは渚を邪魔しないという私たちの作戦だ。グラウンドには心地いい風が吹いていて、空は薄明るい曇り空。ただ立ったりぶらぶら歩いたりしているのには素晴らしく適した気候だった。

だから、いきなり目の前にチャンスが転がってきて、私はものすごく焦った。頭が状況に追いつかなくて、これって蹴っていいボールなのかな？　と考えた。

「麻友！　ゴール！」

渚がすごく具体的な指示をくれた。

右手から敵がボールを奪いに来るのが音と気配でわかった。奪われたボールを奪い返すなんて芸当は絶対に無理だから、早く、今、蹴らなくてはいけない。試合開始から三分弱が経過して、戦況はゼロ対ゼロだった。ここで決めたら勝てるかも。私のおかげで。みんなきっと喜ぶし、渚は絶対に喜ぶ。勝てるかも！

一瞬でそれだけのことを考えて、私は右足を振り上げた。リラックスして、力を抜いて、なんて考える余裕はなくて、ただ全力で思い切り蹴った。

ボールはなぜか斜め上に跳んだ。

あ！　と思ったときには、ボールは右手に迫っていた敵の顔面にぶち当たっていた。

そのまま、更に空高く跳ね上がる。

一瞬で血の気が引いた。

顔に手を当てて腰を折る敵。わあっ、と、周りで驚愕の声が沸く。

深く前かがみになった敵――四組の女子は両手で顔を覆った。その隙間から、「う」と苦痛にうめく声が漏れる。その声――それから、低い位置でひとつに結ばれた髪、長袖のジャージ、雰囲気で、わかった。

　私が顔面にボールをぶち当てたのは、畠山志保だ。

「だ——」

「大丈夫っ？」

　皆が私たちの周りに集まった。大丈夫？　大丈夫？　という声があちこちでこだまする。

　私の口からも同じ言葉が出ていた。大丈夫？　ごめん、ほんとごめん、まじでごめん。言いながら、そんなことをいくら口にしたってどうにもならない、という事実にどんどん焦る。畠山志保はよろよろと後ずさりながら、上体を起こした。

「だ、大丈夫」

「鼻血！」

　わあっ、と、また声が上がった。手のひらの外された顔、その鼻から口元にかけてが、鮮やかな赤。

「誰か、ティッシュ！」

「鼻押さえて、上向くといいって」

「それって間違いらしいよ。血が喉に流れるから」

「首冷やすといいって聞いたことあるような気がする」

「冷却スプレーならあるけど」

「いや、下手なことしないでさ、保健室行ったほうがいいよ」

次の試合のために控えていた五組のギャルが、混乱しかけている私たちに向かって言った。畠山志保は「うん……そうしようかな」と、鼻声で頷いた。

「私、付き添う。付き添わせて」

私はすぐに申し出た。私がこの罪のない女の子に鼻血を出させたのだ。女子の顔面に全力でボールを蹴りこんだ。罪悪感で死ねそうで、じっとしていられない。

「あ、えっと」

畠山志保は私の顔を見て、一瞬なにかためらうような、曖昧な表情を見せた。

私に付き添われるのが嫌なのかもしれない。加害者である私に。姉の妹である私に。

そう気づきながらも、私は「お願い」と押した。なにもせず黙って彼女の背中を見送るなんて、耐えられる気がしなくて。

「うん、じゃあ、お願いしようかな。ごめんね、ありがとう」

「いや、ほんとごめん。ほんっと、申し訳ない」

私は畠山志保にひたすら謝り倒しながら、「みんなもごめん。できたら続けてて」と残る面々に声をかけた。渚も絵莉も心配そうにこちらを見ていて、皆にも本当に申し訳ない。

私たちは最短距離で保健室に向かうため、校舎東側の体育館へとつながる渡り廊下から校内に入ることにした。体育館からはボールの音に、シューズが床にきしむ音、楽しそうな歓声が漏れ聞こえていた。

「大丈夫？　いや、絶対痛いよね。本当にごめん」

謝ったところでどうにかなることじゃない。でもそれ以外にできることもなにも思いつけなくて、私は畠山志保の横を歩きながらひたすら謝り続ける。

「ううん、大丈夫だよ。鼻血が派手なだけで、そんなひどくないと思う」

「ほんとごめん、下手なくせにボール蹴ったりしたから。なんか、イケると思っちゃったんだよね。ゴール決められるかもとか、あり得ないこと考えちゃって」

「ううん、フットサルだもん。ボールはその、蹴っていいんだよ。スポーツなんだから、あるていど事故もしょうがないし」

「あの、もしあれだったらさ、マジで一発殴っていいよ」

「え、いやそれは……。うん、大丈夫、遠慮します」

真っ直ぐ伸びる無人の廊下、畠山志保のささやかな苦笑いがよく響いた。校舎内にはどこにも人の気配はなくて、体育館やグラウンドの喧騒（けんそう）も遠い。

畠山志保は左手で鼻を押さえている。鼻血は止まっているのかまだ流れているのかわからない。手の下に覗き見える口のあたりや指の隙間に赤い血が乾いている。罪悪感で胸が痛む。蹴ったボールが当たったのが自分の顔ならまだよかったのに。それがよりによって畠山志保に。私たち、姉妹そろってこの子を傷つけている。

　姉はどうして平気なんだろう。この胸を押しつぶすような罪の意識に、どう折り合いをつけているんだろう。平気どころか、人を傷つけるときの姉は心底楽しそう。罪悪感なんてものを生来持ち合わせていないのか、どこかしらの回路がバグっているのか、それ以外に考えられない。綺麗ごとを言うつもりなんてないけれど、無意味に他人を傷つけるのなんて、ただつらくて苦しくて居たたまれないだけじゃない？

「それにほら」

　畠山志保は穏やかな声で言う。

「私たちが抜けてもさ、たぶんあんまり、試合に影響ないだろうし」

「まあそれは……そう、かもね」

　小さく笑う畠山志保に、私もなんとか笑顔を返した。

　彼女は今どういう気持ちでいるんだろう。中学時代に自分をいじめていた女の妹に顔面にボールをぶち当てられたらどんな気分になるだろう。私ならふっざけんなと思う。畠山志保もそう思っているかもしれない。ふざけんな殺すぞ、と思いながらも、社交辞令として笑顔をつくって、雑談なんかにも付き合って、大人な対応をしてくれているのかも。

そう考えると、強引に付き添いを申し出たことだって良くなかった？　今さらだけど、本当に畠山志保のことを考えるなら私は身を引いて彼女の目の届かないところに消えるべきだったのかもしれない。それなのに私は自分の罪の意識を癒すことを優先させて彼女の横にいる。自分のことしか考えていないのは、結局のところ姉と同じ？

私は横目で再び畠山志保を見た。血の赤にどうしても視線がいく。マジでごめん、とまた口にしかけて、こらえた。今必要なのは、とにかく速やかに保健室にたどり着くこと。

真っ直ぐ続く廊下、左手に一年生の教室が連なる。もう少し進むと右手に中庭が開ける。中庭を回りこむように右に曲がれば、突き当たりが保健室。先生がいるといいな、と思った。

そのとき、ひとの声がした。廊下の奥、中庭の方から。

届いてくる声量はかすかで、内容も声質もはっきりとは聞き取れない。ただ、なんとなくその語気が荒いこと、声に含まれる棘のようなものは肌で感じられた。

頭でなにか理解する前に、胸がきゅっとなった。

その声の響きを私は知っている。嫌というほど聞き飽きている。

まさか、とは思わなかった。まただ、と思った。それから、やめてくれ、という気持ち。

でもそうだ。姉はいつだって、絶対に現れてほしくないと願うタイミングで現れる。現れないでと願う気持ちが姉を引き寄せるみたいに。

中庭に姉がいる。声に苛立ち(いらだ)を含ませながら、そこで誰かと話している。保健室に行くには絶対に目に入る場所だ。でも私は今、絶対に姉に会いたくない。私のせいで顔から血を出している畠山志保と一緒にいる今は、絶対。

「あの」

特に考えがあったわけじゃない。でも私は、隣を歩く畠山志保に声をかけた。とにかく彼女を足止めして、姉が消えるのを待つとか、別のルートを探すとか、対策を考えなければと思った。でも。

「うん、え、あ……なに？」

上の空で応えた彼女の顔を見てわかった。畠山志保も、姉がこの先にいることに気付いている。かすかに響いてくる声の気配だけで、それが姉だと読み取れたのだ。読み取れてしまうくらい、彼女の耳にも姉の声を警戒する回路ができあがっている。

そのとき、ひときわ大きく声が聞こえた。

「話が違うんだけど」

それはやっぱり、間違いなく姉の声だった。はっきりと苛立っていることがわかる声に、私の胸はまたぎゅうっと縮こまる。数秒と置かずに、また声。

「守るって言ったのに」

聞こえてくるのは姉の声だけで、話をしているはずの相手の言葉は聞こえない。一方的になにかに怒っている姉、という印象を受けた。よくあることだ。とても迷惑。でも、もし姉が今その相手への怒りに夢中になっているのだとしたら、その間に廊下の隅をこっそり通り抜けることが可能かも。こちらに気付かれさえしなければ、傷を負った畠山志保を姉と引き合わせるという最悪の事態を回避できる。

そんな期待を抱いた直後、バタバタという乱暴な足音と共に、廊下の角を曲がって姉が現れた。希望は一瞬で消えた。声でわかっていたのに、実際に姉の姿を目にしてしまうと、もう、どうしようもなく、絶望。

「なにそれ」

姉はスマホを耳に当てて、電話をしていた。声を荒らげながら、こちらに歩いてくる。姉はなぜか制服姿だった。球技大会の今日、一、二年生は全員がジャージに着替えて校舎の外に出ているのに。なんでうちの姉はそんな格好でこんなところを歩いているんだろう。私への嫌がらせのため？

立ち止まることもどこかに逃げることもできないまま、姉との距離が縮まった。やがて、姉の目が私たちを捉えた。その瞳が、すっと細くなる。

「私が悪いって言うの？」

姉はこちらを睨むようにしながら電話を続けている。私は自分の側の道を広く開けて、姉とすれ違おうとした。畠山志保はそれを察してなにも言わずに壁側に詰めた。ごくごく普通の学校の廊下、三人の人間が並んで歩くのだってぜんぜん余裕の幅がある。でも、すれ違うその瞬間、姉はスマホを手にしていたのとは反対の肩を、私の肩にガッとぶつけてきた。それからその細く尖った肘で、私のわき腹をドスッと突いた。

「う」と、口から空気が漏れた。

「じゃあもうショウくんは私の味方じゃないんだね」

姉は私の方を見もしないで、電話の向こう側と話を続けながら歩いて行った。突かれたわき腹を押さえて振り返る。綺麗に伸びた背中の上を左右に揺れる滑らかな黒髪に、スカートから伸びる細くて白い脚。美しい後ろ姿が遠ざかる。

「だ、大丈夫？」

畠山志保の囁くような声に、私は顔を上げた。

姉からいきなり、なんの言葉もなしに、どう考えても八つ当たりの理不尽な暴力を受けた。その現場を同級生に目撃された。

怒りとか、混乱とか、惨めとか、恥ずかしいとか、いろいろな気持ちが混ざり合って、どんな顔をしてなにを答えたらいいのか、さっぱりわからなかった。

保健室に先生はいなかった。『外出中、すぐに戻ります』という手作りの札が、中央のテーブルに残されていた。

畠山志保は洗面台で手を洗って、濡らしたティッシュで顔の血を拭(ぬぐ)って、冷凍庫から氷嚢(ひょうのう)を出してきて鼻を冷やした。鼻血はもう止まっているみたいだった。手際よく自分の手当てを済ませると、テーブル脇の椅子に座っていた私を振り返り、「倉石さんは、その、大丈夫?」と尋ねた。

「うん……」

答えながら、私は姉に突かれたわき腹に触れてみた。強く押すと痛い。でも、骨や内臓にダメージがありそうな感じはない。幼い頃から姉にど突かれるのには慣れているから、正直これくらいどうってことはない。ただやっぱり、それを同級生に見られた、という精神的ショックがあった。

「なんか……あれだったね。あの、怒ってたみたいだったね」

控えめに、主語を出さずに、畠山志保はそう言って私の隣の椅子を引いた。腰を下ろす。

「うん、だったね……」

「ちょっと、うん。あの……びっくりしたね」

「ごめんね」

「え！　ううん」

畠山志保は片手を広げて大きく首を振った。そこで会話が止まってしまう。畠山志保はうつむいて、テーブルの上に視線を落とした。氷で冷やしている鼻の周りが、ほんのり赤い。

「ていうか、あの……おせっかいかもしれないけど」

「うん？」

「あの……家でも、あんな感じなの？　よくあるの？　その……叩かれたり？　とか」

え？　と聞き返す。畠山志保は視線をちらっと上げて私を見た。そこに気遣いとか、心配、のような気配が見て取れて、私はちょっと動揺した。

「ああ、まあ、機嫌悪いときとかはね。ほら、あいつすごい我が儘、っていうか、子供だし。子供が駄々こねてるみたいな感じで、だからもう、私は気にしてないんだけど」

なにかを弁解するみたいな話し方になる。不機嫌なとき、姉は私に対してとても気軽に手やら足やらを出してくる。ただ、子供の頃と違って姉も加減を覚えたから、傷が残るような深刻なダメージを受けることはなくて、だから、そんな暴力はもう気にしていないというのは本当。

でもいつ暴力的になるかわからない存在が家の中にいるという状態は嫌だ。暴力そのものが嫌なんじゃなくて、暴力を抱えた信用できない存在がずっと近くをうろうろしている、ということがものすごいストレス。

ひとつひとつのエピソードなんて正直なところどうだっていい。エピソードにもならないような日常を安心して過ごせないことがすごく嫌。

「それに、やっぱり私には、お姉ちゃんだから」

思いだして、慌ててそんな言葉を付け加えた。私たちは仲の良い姉妹なのでこの私が姉を殺そうとするはずがないんだ、というアピールをしなくてはならないのだった。本当に殺すときのために。ヨシくんに言われて記憶に残っていた「やっぱり家族だからね」というたぐいの言葉は、なんの意味もないから脈絡も無視して使えて便利だな。

「そっか」

畠山志保は弱々しく笑った。

私は、やっぱり不思議だった。どうしてこの子は私の心配なんてしてくれるんだろう。私は姉の妹なのに。

「あのさ」

保健室の窓は閉じている。グラウンドの喧騒も体育館の歓声もここには一切届かない。ひとり球技大会をボイコットしていたらしい姉もどこかに消えた。

顔とわき腹にダメージを負ったふたりが並んでテーブルについているだけ、という状況が妙な感じに落ち着いて、なんだか今なら聞けそうな気がした。

「私のこと怒ってないの？　怒るっていうか、もっと、憎んだり恨んだりしてないの？」

「え」

畠山志保は再び視線を上げて、一瞬だけ私と目を合わせた。けれどすぐにテーブルの白い天板に向き直って、「うん、もう痛みも引いたし、大丈夫」と呟いた。

「あ……うん、それもだけど……。ごめん、中学のときの話」

「あ、うん」

「私、姉が畠山さんのこといじめてるの知ってたんだけど。姉、隠そうともしてなかったし、もちろん知ってたんだけどさ」

「……うん」

「一度も止めなかったんだよね。止めようともしなかったし」

「うん」

「でも、普通に話してくれるじゃん、畠山さん、今とか」

「うん」

「それって、どうしてだろうって不思議で」

「不思議？」

「うん。怒ってないの？　止めなかったこと」

「うーん……。えっと」

畠山志保は鼻を冷やしていた氷嚢を額に当てて、少しの間考えた後、言った。

「例えばの話だけど」

「うん」

「私も、倉石さんが誰かにいじめられてたとしても、別に止めないかな」

「あー……」

「止めないと思う。勇気もないし、私たち、そんな、そこまでするくらい仲いいってわけでも……なかったよね。そんなに、喋ったこともなかったし。ごめんね、でも、私がそういう人間だから、倉石さんのこと怒るとかって気にならないのかも」

「もし、いじめてたのが畠山さんのきょうだいだったとしても？」

畠山志保はそこでまた、「うーん」と数秒うつむいた。

「どうだろう。私ひとりっ子だから、あんまり想像できないけど……。でも、もしきょうだいだったら止めるのかな？　わかんない。あ、でも……倉石、凜さん、が、姉だったら……止められないかも。怖いし。関わりたくないし」

「そう……そっか」

「うん。だからやっぱり怒ってないよ。姉妹って言ったって別の人間だと思うし……そこを一緒にして恨んだりっていうのは、違うんじゃないかと、思うな」

私もそう思う。

でも小学生のとき、見知らぬおばさんは私が姉の妹だというだけの理由で私の腕を掴んだ。中三のとき、初めて付き合った男の子は私の瞳が姉に似ているという理由で別れを告げた。それに……。

「私は、あと、あれかな。中学のとき、べつに、倉石凜さんだけが、その、問題だったわけじゃなくて。嫌なことはいろいろあって、そのなかのひとつが彼女だったってだけで、そんなに。だから……倉石、麻友さんのことは、良いひとだと思ってるよ」

畠山志保は静かな声で言う。

私はそうは思わない。

「ねえ、畠山さん」

「うん、なに？」

「手塚(てづか)有紗って覚えてる？」

「え、うん……」

畠山志保はぼんやりと視線を宙に投げる。その先に有紗の姿を思い浮かべているのかもしれない。彼女の記憶の中で有紗はどんな姿だろう。

「一年のとき同じクラスだった、手塚さん？　倉石さんと、仲良かった」

「うん」

「手塚さんが、どうかしたの？」

「うん。有紗はね」

有紗の名前を口にすると悲しい気持ちになる。有紗と一緒にいた時間のほとんどを、私は楽しく幸せな気持ちで過ごしたはずなのに、今思い出すと全部が悲しい。

「私のせいで学校来れなくなっちゃったんだよね」

「倉石さんのせい？」

「うん。お姉ちゃんのせいじゃなくて、私のせいで」

6

「有紗はね、私が裏でひどいこといっぱい言ってたの知って、それがショックで学校来なくなったの」

言葉で説明してみると、四秒で済んだ。

思い出すだけなら一瞬もかからない。一瞬で私は悲しくなる。私に悲しくなる資格なんてないってわかってるけど、脳が勝手に悲しみだす。

「え、でも……」

畠山志保は氷嚢を鼻に当てたまま、首を傾げた。

「仲、良いんだと思ってた。ふたり……」

「うん」

私は頷く。

仲、良かった。私は有紗が大好きだった。嫌いなところなんてひとつもなくて、一緒にいるだけですごく楽しくて、心から笑顔になれた。でも、私は裏で彼女のことをボロクソに貶していた。そうすると、姉が喜んだから。

「うちの姉が、有紗を嫌いで」

かあっ、と耳に熱を感じた。他人にこの話をするのって、初めてだ。悲しい気持ちと同じくらい、恥ずかしい、という気持ちが湧く。

姉はちょっと、嫉妬してたんだと思う。私と有紗がすごく仲良くなったことに。私を取られたように感じたんだと思う。でもそれ以上に姉が許せなかったのは、たぶん私が姉より幸せになったこと。姉は自分より幸せな人間が嫌いだから。親友を得た私は毎日楽しくて、幸福で、それを姉の前でも隠さなかった。

私が有紗と仲良くなって少ししたころ、姉は有紗のことを、「デブス」と呼び始めた。デブでブスだからデブス。折れそうに華奢な手足を持ち、お人形のように大きな目と紅色の唇をした姉からしたら、誰だってデブにもブスにもなる。小学校の一年生か二年生のとき、姉は私のこともそのあだ名で呼んでいた。母に何度もたしなめられてやめるまで、たしか、半年くらいの間。姉の中で、それはお気に入りのニックネームだった。

有紗をそんなふうに呼ばないで、と私は言った。何度も言った。でも姉は、私の言うことなんてぜんぜん聞いてくれなくて、私は同じクレームを何度も繰り返すことにうんざりして、そのうちどうでもよくなった。呼び名なんて、そんなくだらない悪口なんてどうでもいいと、そう考えることにした。その方が楽だったから。

姉について、あのころの私はいろいろなことをどうでもいいと思い込むことでスムーズに諦めをつけていた。姉をどうにかしようと建設的な対応策を講じるより、諦めるのは一瞬で済んでとても楽だったから。

今思い返すと、あのころの私は姉に本気で意見したり、怒ったりしたことはいちどもなかった。有紗の呼び方に対する注意だって、私はへらへらと笑って角が立たないように穏やかな口調で言ったのだ。それは本気で姉を止めたいという意志からじゃなくて、ただ親友への酷いあだ名を放置する罪悪感を薄めたかっただけなんじゃないかと今は思う。

家では姉の悪さを諦めながら、学校ではそんな事実はすっかり忘れて、私は楽しく日々を過ごした。そのうち同じクラスに好きな人ができて、学校はますます楽しくなった。家では姉の暴言はどんどんエスカレートして、私はどんどん鈍感になった。

『ねえ、今日麻友ちゃんとデブス一緒に帰ってたでしょ。横幅が倍くらいあるからすぐにわかったよ』

『あー、うん』

『今日学校でデブスとすれ違ってね、私つい、あ、デブスだーって言っちゃったの。そしたらあいつちゃんと振り返ったんだよ。えー自覚あるんだーって笑っちゃった』

『ちょっと、もー。やめてよそういうの』

『だってー、うっかり。デブスめっちゃ睨んできて怖かったよー。あの子の目怖すぎじゃない？』

『それは、まあ。有紗、目鋭いから』

『だよねーやっぱりさあ、顔にも肉がついてるせいだよね。なんで痩せないの？』

『さあ』


『えー麻友ちゃん今日もデブスと遊びに行くの？　そんな一緒にいてデブがうつったらどうするの』

『うつるわけないでしょ、そんなの』

『ほんと気をつけてね、お姉ちゃん妹がデブスとか死んでもいやだから』

『わかってるって』

『麻友ちゃんがデブスになったら家に入れないからね。家にデブスがいるとか、絶対に我慢できないから』


二年も経つ頃には、私は姉が私の親友を「デブス」と呼ぶことにすっかり慣れて、その呼び名が有紗を表すということもいつのまにか受け入れていた。はじめの頃、そのワードを聞くたびに感じていた胸の奥の不快なざわめきもいつからか消えて、だから、私が家の中で最初に有紗を「デブス」と呼んでしまったのは、本当に本当に、つい、うっかりだった。


『麻友ちゃん明日一緒にお買い物行こうよ』

『あーだめ、明日は予定があるんだ』

『えーなに？　お姉ちゃんおいてどこ行くわけ？』

『ごめん、明日はデブスと、あ』


姉は悪魔のように笑った。

この世の終わりみたいに笑った。

心から楽しそうに、おなかを抱えて、涙を流しながらゲラゲラ笑った。

「いや、ちがう、間違えた」とうろたえる私に、髪を振り乱して笑い続けた。そんなふうに全力で馬鹿みたいに笑い転げていても姉は可憐で可愛くて、なんだかそういう魔女みたい。

「ダメだよ、麻友ちゃんが言ったら。麻友ちゃんは友達なんだから」

しらじらしくそんなことを言う姉に、「ほんとに間違えたの」と言い訳しながら、でも、そのとき私は、私も、小さく笑っていた。

私は姉をそんなふうに笑わせられたことに満足感を覚えていた。ものすごく気のきいた冗談を言えたみたいな。私はいつだって姉に認められたい子供で、いつだって姉の不機嫌を恐れていて、いつだって姉を喜ばせたかった。姉は涙をぬぐいながら、「でも、しょうがないよね、デブスってほんとにデブスなんだもんね」と、いつまでも楽しそうに笑っていた。

有紗をデブスと呼ぶと、姉はこんなにも喜んでくれる。そして、家の中でこっそり有紗を貶したところで、誰も傷つかない。誰も悲しまない。

それですぐにたがが外れた。私はどんどん酷くなって、私が酷くなればなるほど、姉は喜んだ。

それからの私と姉が有紗のことを具体的にどんなふうに話していたのかは、とても言えない。絶対に言えない。ただ、思い返せばあの頃が、私と姉が一番平和的に仲が良かった時期かもしれない。私たちの間には有紗の悪口という尽きない話題があって、姉の不機嫌の気配を感じたときにもそれを持ち出せばすぐに安定が得られた。子供の頃みたいに姉が私に石を投げたり草を食わせようとしたりすることもなかったし、私は姉の悪さを恐れつつ、家族に殺意を向けるなんて許されないことだという倫理観を保って生きていた。

家では有紗の悪口に乗りながら、学校では有紗に姉の悪さの相談をする。そんな毎日が半年くらい続いた。酷いことをしているな、という自覚はあったように思うけど、どうだろう。私は自分のとってる立場について、そんなに深刻には考えていなかったような気もしてる。こんなことを続けていたら、次にどんなことが起こるのか、ちゃんと考えてはいなかった。

「あ、ちょっと覚えてるかも」

畠山志保が言った。

「一年のとき、廊下のとこで、そう、倉石さんが通りがかりに、手塚さんのこと、なんか言って、それで手塚さんに倉石さんが、あんなやつの言うこと気にするなって」

畠山志保は私のことも姉のことも倉石さんと呼ぶから、ちょっと混乱する。でもわかる。私も覚えてる。学校でも堂々と有紗を貶す姉から、私は有紗を庇(かば)うみたいにしてた。一年や二年のときは、当然の気持ちで。ただ、家で有紗を悪く言うようになってからも、そんな態度を続けてた。「うん」と頷きながら、私は自分の顔がすごく赤くなっているような気がして、ちょっと斜めを向いて前髪に隠れた。ほんの数年前に、自分がそんな人間だったことが恥ずかしすぎる。

でもやっぱり、その日々のなかにいるときは、なにも感じてはいなかった。今こうして、ほんの三分ほどで語り終えられるお話が、二年半かけてじわじわ進んでいったわけだから、その最中にいるときはあまりの内容の薄さに危機感も抱けない。という、分析というか、言い訳。

「でも、それで、どうして？　その……バレたの？　って言い方はアレだけど……。手塚さんは、どうして知っちゃったの？　倉石さんが、その」

「姉が、私が有紗の悪口言うとこ録音してそのデータを有紗に送ったの」

「あー……」

結末は二秒で片づいた。「だって面白いかと思って」と言った、姉の笑顔を思い出す。初めて見た、信じられないくらいに赤くなった有紗の泣き顔とか、やっと出てもらえた電話越しに震えてた声とか、朝の教室、今日も登校してこない有紗の空いた机とか、それが一日、また一日と続いて、事態の深刻さを理解していった毎日とか。

「ごめんね急にこんな話して」

涙が出そうな気配を感じて、気持ちを切り替えそう言った。私は泣ける立場になんてない。それに、特に仲良くもない同級生が急に自分の恥ずかしい過去を語り始めた上に泣き出すとか、あまりにも迷惑。

「ううん」と畠山志保は首を振る。

「まあだから……、あれ、なんの話だっけ。とにかくもう、私、いろいろ最悪だなーみたいな話。私も、姉と、同じくらい」

「うーん……」

軽く顎を下げて、畠山志保は鼻に当てていた氷嚢を外した。鼻の赤みはほとんど引いていて、私はひとまず安心した。少しの間机の上を見つめていた畠山志保が、口を開く。

「それは……私は、うん。倉石さんが悪いかなって、思った」

どっちの倉石さん？　とは聞かなかった。それはもう、聞くまでもなくはっきりしてる。

一度氷嚢を取り替えた後、私たちは体育館に戻った。うちのクラスは四組に勝って、次の一組にも勝利していて、私はその次の三組戦からチームに復帰したけれどその試合で負けた。

畠山志保に鼻血を出させて姉に肘打ちされただけの球技大会。


あのとき。

ぜんぶバラしちゃった、と告げられたあのとき。血の気の引いた私の顔を見て、姉はやっぱり笑った。笑う姉を見て、取り返しのつかないことになった、という事実をじわじわ理解しながら、それでも私にはいくつかの選択肢があった。

姉を殴ることだってできたはず。怒鳴って、喚き散らして、今まで姉からされてきたぜんぶの被害を訴えて、恨みつらみを突き付けて、絶交することだってできた。本当はすごくそうしたかった。頭は真っ白になりながら、でもお腹のなかでは怒りがぐるぐる渦巻いていて、この女を今すぐなんとかしなきゃという危険アラートみたいなものがガンガン鳴っていたから。

でも私はそうしない方を選んだ。あのとき、私は姉にすこしも怒ることができなかった。私はただ困惑して、うろたえることを選んだ。泣いて、混乱して、それがまた姉を喜ばせるとわかっていたはずなのに。

怒れなかったのは、自分も悪いという後ろめたさがあったから。でもそれは、自分のそんな後ろめたさに逃げることで、怒らないっていう楽な選択をしたかっただけなのかもしれない、と、今になって思う。情けない。また耳が熱くなる。

私、姉を殺そうと決める前の私のことが好きじゃない。

有紗が私からの連絡をぜんぶブロックして、最後に電話も着信拒否された寒い日の夜、私は姉を殺すと決めた。姉を殺すことを自分に許すと決めた。

あのときの解放感は忘れない。私は家族の死を望む悪い人間、ひどい人間になってしまったわけだけど、ぜんぜんマシだ。そうなる前の自分よりは。

閉会の挨拶で壇上に立った杏奈はいかにも清々(すがすが)しそうで、やり切った感に満ちていた。

優勝は五組で、私たちの六組が下から二番目、杏奈の一組は最下位だったけど、そんな結果なんてどうでもいいんだ。みんなで団結して頑張ったということが大切。杏奈の挨拶を聞いていると、こちらもそんな気分になった。姉の様子だけが気になって、遠くに整列した一組の方をうかがってみたけれど、その姿は見つけられなかった。あいつはあのまま帰ったのかな。

校庭にはやわらかな風が吹いていて、ジャージの下の汗がゆっくり冷えた。杏奈の次は校長先生の挨拶。ぼんやりしていると、保健室で畠山志保とすごしたあの不思議な時間が思いおこされる。なんで私は彼女に有紗の話をしたんだろう。今まで誰にも話したことがなかったのに。

私はもしかしたら、畠山志保が羨（うらや）ましくなったのかもしれない。姉を克服したように見える彼女が。それで彼女に聞いてほしくなったのかも。すれ違いざまに肘打ちされるっていう謎の攻撃を受けてなお、私はあいかわらず姉になにも言えなかった。どうせ近いうちに殺すからいいんだ、と、少し前なら思えた。でも今、私、そんな自分を信じきれてない。

だって私、姉がもう世界の脅威にはならなくなって殺す必要がないかもしれないとわかったとき、安心した。姉を殺さなくて済むとほっとした。でも結局、自由な夢の中では姉を殺したたし、やっぱり今日の姉にも死んでほしかったし。

私って姉を殺したいんだっけ？　殺したくないんだっけ？

気が付いたら閉会式は終わっていた。皆は着替えのためぞろぞろと教室に戻っていったけど、実行委員は雑用が残っている。顔見知りになった一年生と一緒に、担当になっている体育館の後片付けに向かう。

実行委員だけがまばらに散らばる体育館でバレーボールのネットを外しにかかっていると、渡り廊下から杏奈が姿を現した。「おつかれ！」と、もうすっかり彼女になついている一年生たち皆に声をかける。私を見つけると、颯爽とこちらに走ってきた。

「おつかれー！」

「おつかれさま。良い挨拶だったよ、閉会式」

「ありがとう。あのね、ちょっと泣きそうだった。球技大会で泣くとかぜったい笑われると思ってこらえたけど。ねえ、ヨシくん知らない？」

「ヨシくん？」

知らない、見てないな、と答えた。ヨシくんは確か杏奈と同じ、校庭の方の撤収担当だったはず。

「そっちにいないの？」

「うん、さっき用務員さんのとこに台車返しに行ったんだけど、それから戻ってこなくて。こっち手伝ってるのかと思ったんだけど」

杏奈は軽く息を切らしていた。ヨシくんを探して、あちこち走り回っているのか。

「急用？　ラインしてみる？」

「いや！　違うの。そういうわけじゃないんだけど、ただ、あの、私ね」

ふ、と杏奈は息を止めた。その瞬間、せわしなかった彼女のまわりの空気が、がらっと変わった。温かく、華やぐように。「私ヨシくんのこと好きなんだよね」と、杏奈は嬉しそうに言った。

「え！」

ものすごく大きな声がでた。

「え、マジで？」

うん、と素直に頷いて、杏奈はあははと笑った。近くにいた一年の女の子が、「マジですか」と食いついてくる。

「うん。はは……やば、照れる」

「え、うそ、え、いつから？」

「えーいや、うん。ちょっと前、くらいかな。ほら、ヨシくんってさ、優しいじゃん」

杏奈はまた嬉しそうに答えた。ヨシくんは優しい。優しくて正しくてとても良いひと。私も知ってる。

「だからね、今日さ、言えたらなって思ってたんだけど」

「え、言えたらって」

「告白するんですか！」

一年生が高い声を出した。杏奈はかすかに頰を赤くして、「告白っていうかまあ、気持ちだけでも言いたいなあって」と頷く。

「そう、なんだ。へえ……そうなんだ」

平静を装いながら、不安定に声が揺れた。私は、なんていうか、動揺してる、かも。

「まあ、だめかもだけどね。嫌がられて終わりかも」

「え」

「ヨシくんってちょっと、そういうの、読めないとこあるじゃん。こっちのことどう思ってるのかとか、よくわかんない」

「ああ、うん……。それは、そうかも」

「ねえ、だよね。やだなー、怖いな」

「いや……でも私、杏奈とヨシくんって、お似合いな気がしてきた」

「え、そう？」

杏奈はちょっと目を丸くして、首を傾げた。

私は深く頷く。本当に、そう思う。心から。

「うん。ふたり、いいと思う。なんか、すごい、正しいカップルって感じがする」

「あ、それわかります！」

「ね」

はしゃぐような一年生に私は笑いかけて、それから、杏奈を見た。ヨシくんが好き、と堂々と口にできる杏奈。彼女がヨシくんを好きになるのはとてもわかるような気がしたし、それに、ヨシくんが誰かを好きになるとしたらこんな女の子なんじゃないかという気がする。正しくて、真っ直ぐで、ひとりっ子。

「ほんとに、めちゃくちゃお似合いだよ。頑張って。ヨシくん、あれかも。ゴミ捨てとか行ってるのかも」

杏奈はすっきりと笑って、「ありがとう、探してみる」と背を向けた。来たときと同じ、颯爽とした足取りで体育館を出ていく。

「上手くいくといいですね」

一年生が言った。私は「そうだね」と頷いたあと、あああ……とため息をつく。

「いいな、羨ましいな」

「先輩はいないんですか？　好きなひととか」

「……うん、いないよー」

ちょっと前までいたんだけどね、という言葉はのみ込んだ。そう、私がヨシくんを好きだったのはちょっと前までの話。今はもう完全に好きではないので、杏奈がヨシくんに告白をしようがなにをしようが、平気。私にはぜんぜん関係のない話。

じゃあどうしてこんなに動揺して、羨ましい気持ちがあふれて止まらないんだろう。

思いつくのは、私はやっぱりヨシくんを好きでいたかったのかな、ということ。ヨシくんを好きでいる間、毎日がきらきらと満たされていてとても幸福だった。正しいひとを好きでいると自分まで正しくなれるようでうれしかった。だから今まさにその幸福のなかにいる杏奈が羨ましくなった。いいな。私も姉を殺したい気持ちをヨシくんに打ち明けようとなんてしなければ、今もまだ幸せでいられたのかな。球技大会の日に告白することを心待ちにしたりなんかして、わくわくしたり、不安になったり、ばらばらに乱れる心を抱いて。

でもたぶん、それだけじゃない。私が杏奈を羨ましいのは、もうひとつ。

杏奈は私の姉を、恐れたりしていないということ。

ていうか、たぶんぜんぜん気にしてない。クラスのなかに倉石凜がいるっていう不幸を嘆いたり呪ったりしていない。こんな、誰がどこで耳聡く聞いていてもおかしくない開けた体育館なんかで、自分の恋心を気楽に打ち明けてしまえるなんて、他人の幸福をことごとくつぶさなければ気が済まない性質の人間が世界に存在するということすら知らないのだ、きっと。姉は杏奈に「死ねって感じ」と呪いの言葉を吐いたけど、そんなの杏奈には一ミリも影響を与えていない。その言葉で焦ったのは、私だけ。姉を殺すとか殺さないとか、そんなことをぐるぐる考えているのは。

すべての雑用を終えてから、クラスでの打ち上げに遅れて参加した。しゃぶしゃぶとお寿司(すし)の食べ放題のお店。渚が私に気付いて、「実行委員さまが来た！」と叫んだ。ゆるい拍手で迎えられて、ちょっと照れた。広いテーブル席、奥の方に座っていた絵莉を見つけてその隣に滑り込み、ひと息つく。

「おつかれさま」

「ありがと。もう、ほんと疲れた」

タブレットでオレンジジュースを注文した。すごくお腹が空いていたので、テーブルの隅で乾いていたサイドメニューのフライドポテトをごっそりもらう。騒がしい高校生なんかのテーブルは店員さんに放置されがちなのか、空いた肉のお皿があちこちに積み重なっていた。自由に飲み食いする皆を見渡して、気づいた。ヨシくんがいない。

「あれ、ヨシくんってまだ？」

「あ、そういえばそうかも。麻友と一緒に来るのかと思ってたけど」

「いや……」

見ていない。解散のときも、校庭のチームとは顔を合わせなかったから。ああ、杏奈と一緒にいるのかな、と予想したタイミングで、ラインの通知が鳴った。杏奈から、ひとこと『オッケーだった！』と、ウサギの口から次々ハートがあふれだしているスタンプ。「おお」と、つい声が漏れた。

「ん？　どうした？」

「あ、いや、なんでも。あ、ていうかあれだ。私、絵莉に言わなきゃいけないことがあったんだった」

「なあに？」

　私は声をひそめて、

「私、ヨシくんって、よく考えると好きじゃないかも」


　帰宅してリビングのドアを開けると、ソファに父と母が並んで座りテレビを見ていた。流れていたのは毒にも薬にもならなそうなバラエティ番組で、ふたりの間にはくつろいだ、仲睦まじい空気が漂っている。ふたり同じタイミングで顔を上げ、「おかえり」と声をそろえた。

「ただいま」

　リビングからキッチンまで視線を走らせ、耳を澄ます。姉はいない。気配もない。玄関には靴もなかった。まだ帰っていないみたいだ。

　姉もクラスの打ち上げに参加しているのかな。いや、でも、あいつは今日制服姿でうろうろしていたから、違う用事？　電話で話をしていた――ショウくんと、会っているのかもしれない。なにかモメているみたいだった。会話の内容から察するに、たぶん、吉沢さんのこと。

「どうだった？　球技大会」

微笑んで、母が尋ねた。

「あ……うん。いろいろあったけど、とりあえず無事終わったかな」

「楽しかった？」

「えーと、うん。まあ」

そのとき、後ろで玄関の開く音がした。

振り返ると、もちろん姉。

「あ」

おかえり――と言いかけた舌が凍り付く。

扉を閉じた姉が顔を上げる。黒い髪が影のように鋭く揺れる。玄関の温かな灯り(あか)の下、その二つの大きな目が、私を睨んでいた。ものすごく憎しみのこもった目で。大変だ。姉の機嫌が悪い！

「凜？　おかえりー」

リビングから、母が呑気な声で呼びかけた。靴を脱いだ姉はなにも答えず、ドス、ドス、と足音を立てながら私に近づいて——私は一歩引いて身構えた。昼間わき腹に肘を食らったばかりだ。そうなんどもバカみたいに八つ当たりばっかりされてらんない。なにをそんなに不機嫌なのか知らないけど、それって私に関係ないことだし。どこからどんな攻撃がきても、絶対かわしてみせる。

姉は構えの姿勢を取った私から一メートルの距離で立ち止まると、肩にかけていた鞄をするっと下ろして、思い切り振りかぶって投げた。至近距離から飛んでくる鞄に思わず顔を庇う。と、鞄はドスッと私のお腹にヒットした。中に入っていた、たぶん、教科書の角か何かが、ちょうど昼間のわき腹のあたりに刺さった。

「邪魔」

姉はそのままドスドスと床を踏み鳴らしながら、階段を上って二階に消えた。姿が見えなくなってからも、二階の廊下を歩く足音が聞こえた。あの折れそうに細い脚のどこにそんな力があるんだろう。やがて、バーン！　と扉を閉める爆発みたいな音が響いて、ようやく静かになった。私は鈍く痛むお腹をおさえて、リビングを振りかえった。

ソファから立ち上がって、母が呆然（ぼうぜん）とした顔でこちらを見ていた。私もたぶん似たような顔をしていたと思う。テレビから垂れ流される陽気な笑い声を聞きながら、心臓がばくばくしている。父は黙ってテレビの方を見ていた。

「あ……大丈夫？」

母が尋ねた。

「え、うん」

「凜ちゃん、どうしたんだろ」

「さあ」

「なんか……機嫌悪そうだったね」

私は母の顔をまじまじ見た。妹に鞄を投げつけるっていうのは、「機嫌が悪かった」で済ませられることなのか。確かに、こんなちょっと鞄をぶつけられたくらいじゃ、それほど大きなダメージを受けるでもない。教科書の角が刺さって痛い思いをするくらい、べつに平気。でも、大丈夫だからって、こんなの最悪じゃないか。最高に、最悪なんだけど。

「学校でなにかあったのかな……。麻友ちゃん、なにか知らない？　なにか聞いたりしてない？」

さあ、と私は答えた。本当は知ってる。姉の機嫌が悪い理由に心当たりがある。昼に聞いたあの電話。

たぶん「ショウくん」は、吉沢さんをこらしめてほしいという姉のお願いを断ったんだ。ショウくんは怖いひとだから姉の頼みを一度は引き受けたけれど、詳細を知るにつれ、姉の吉沢さんに対する憎しみはまるで正当性のない逆恨みだと気がついた。あるいは、ショウくんが怖いひとだなんていうのも姉の都合の良い思い込みで、吉沢さんをこらしめるなんていう危ない計画はもともと姉の頭のなかにしかなかったのかもしれない。とにかくショウくんは断った。彼は意外と普通に真人間で、あの最悪な姉に逆らうことができる、人間。

「ん？　凛、どうかしたの」

全部の音が聞こえていたはずの父が、ようやくこちらを振り返った。

「うん、なんか、怒ってたみたいで」

「へえ……、どうしたのかな」

こういうときの父がすごく嫌い。ごくごく普通の木造建築の一軒家、数メートル先でドーンとかバーンとかアホみたいな音を立てまくっているのが聞こえないわけがないのだ。でも父は、なにも気づいてないふりをする。異常なことはなにも起こっていないみたいに振る舞いたがる。しらじらしい。

姉の問題から目をそらす父と、姉に怒れない母。使えない両親。大嫌い。だから、姉が不機嫌な理由も教えてあげない。詳しく話してあげたところで、このひとたちにはきっと伝わらない、というか、このひとたちは理解することを拒むはず。父は姉がクラスメイトの女の子に危害を加えようとしたなんて絶対に信じないだろうし、母はまた「そんなことしちゃダメだって言ったでしょう」とぬるい注意で終わらせる。

私が一番許せないのは、ふたりとも本当は、本当のところはぜんぶわかっているんじゃないか、ということ。姉の悪さについて。姉が本気で悪いことをしでかす可能性のある、悪い人間だときちんと理解している。でも、知らないふりをしたい。彼らの中ではまだ、それを認めなくてはならないような決定的なことはなにも起こっていないから。

だから私の話だって、本当のところは伝わる。伝わっているのに、伝わっていないみたいに振る舞われるのが悲しい。

「私、お風呂入ってくる。いい？」

「あ……、うん。ちょうど、今さっき沸かしたとこ」

「ありがとう。汗かいたから。ほら、球技大会で」

私が姉の話を終わらせると、ふたりはわかりやすくほっとした表情を見せた。

違う。悲しいなんて嘘だ。本当は腹立たしい。すごくイライラする。むかつく。父も母も姉も全員ぶん殴って「普通にしろ！　ちゃんとしろ！」って怒りたい。でもそんなガッツ今の私にないし、別に本気で家庭内暴力的なことがしたいってわけじゃないし、反撃されたら普通に負けるし、つまり私はすっごい腹が立ってる、今、っていう気持ちを抑えなきゃいけないっていう更なる憤りから逃れるために、悲しいふりをしてるだけかも、って気づいた。

着替えを取って、イライラしながらお風呂に向かう。鏡に映してみたけれど、姉にやられたわき腹はあざにもなにもなっていなかった。これじゃＤＶで被害届も出せないし、両親に訴えたところでスルーは確実。姉はそういう絶妙な力加減の暴力を心得てる。

湯船に浸かりながら、しばらく気持ちが尖っていた。今日はいろいろなことがありすぎた。それでも、温かなお湯に肩まで浸かってしばらくすると、また別の気持ちが湧いてくる。怒りが一周まわって、あの無能な両親のことが気の毒になってくる。

姉が不機嫌だということは、世界にとってはハッピーなことなのだ。それは世界が姉の暴虐さを退けたということだから。それなのに、姉を内包しているうちの家族だけが、姉と一緒にダメージを受ける。私たちは姉と同じチーム。

最悪なのは、姉さえ関わらなければ私は父も母も大好き、ということ。だから、姉のせいで最悪なひとたちになっている両親のことも、むしろ被害者みたいにとらえてしまうところがある。

姉を殺したら、父も母も喜ぶんじゃないかと考えたことがある。

正直今も考えてる。


お風呂から上がって髪を乾かしているとき、打ち上げの最中に受け取った杏奈からのラインをうっかり放置していたことを思い出した。スマホは部屋で充電している。

普段は自分の部屋でドライヤーをかけるのだけれど、今は一階の和室でかけていた。

機嫌の悪い姉は隣室から大きな音がすると壁を殴ってきたりして、私はそれが怖いから。

ああ、面倒くさいなあ、と思う。和室のコンセントはひとつしか空きがないからスマホの充電をしながらだと髪を乾かすことができない。髪が生乾きな時間が長くなると明日の朝前髪の左側が撥ねるリスクが高まる。こういう地味な面倒くささもつもりつもって殺意になったりするのかな。コンセントが足りなくなったので殺しました、なんて。

そんなことを考えているとちょうど二階から姉の足音がドスドス聞こえて、洗面所に消えた。お風呂に行ったみたい。ラッキー。お風呂場になにか罠でも仕掛けておけばよかったな。

私はすぐに部屋に戻った。告白成功の報告を放置するなんてありえない。打ち上げで忙しかったから、と言い訳できるけど、それでもあまり長く時間があくと、いろいろ勘ぐられてしまうんじゃないかと心配だ。すぐに返信をよこさないなんて、麻友ってこの恋の成就を喜んでくれてないのかなとか、それってつまり、もしかして麻友もヨシくんのことが好きだったりするんじゃないかな、とか。そんなのまったく、完全に、誤解だから。

充電器につながれ、ベッドの上に投げ出されていたスマホを見る。と、見慣れないアイコンからラインが入っていた。名前はカズキ。誰？　スパムかな。

ぜんぜん有名じゃない田舎のゆるキャラみたいなそのアイコンを数秒眺めて、あ、高梨くんだ、と気がついた。高梨カズキ。グループラインでは話したこともあるけれど、一対一のやりとりをしたことは一度もない。なんだろう。開いてみると、画面いっぱいにわっ、と文字が並んで、目が滑る。そして私は姉の不機嫌のもうひとつの理由を知った。

高梨くんからのメッセージは、『ちょっと許せないことがあったんだけど』から始まっていた。そこからだらだらと文章が続いて、彼は出来事の要約があまり上手くないみたい。あるいはこのメッセージを打ったとき、よっぽど感情的になっていたのか。

私はとりあえず意味のありそうな部分だけを点々と読んだ。いわく、

『倉石さんのことなんだけど』
『あ、倉石凜さん。お姉さん』
『ドッジボールに参加することになってたのに』
『それだってさ、ほとんど無理やり、かなり無茶言ってチームに入ったのに』
『今日、いきなりバックレたんだよ！』
『あり得なくない？』
『しかもさ、あのひと、なぜか打ち上げには来て』
『クラスの打ち上げ。最下位だったけど、みんな頑張ったって雰囲気だったのに』

『なんかめちゃくちゃ、態度悪くて』

『自分バックレたくせに、負けたチームのやつとか責めてて』

そこまで読んで、私はベッドに仰向けになった。いえ、仰向けになっている場合じゃない。高梨くんはすごく真剣に怒っている。びっくりマークや絵文字やスタンプを使ったかわいい怒り方じゃなくて、『どういうつもりか知らないけど』とか、『まったく意味がわからないんだけど』とか、とにかくなにもかも言葉では言い表せないくらいに怒っているんだという気持ちを示す表現が多用されている。

そう、だからこれはベッドでごろごろしながら読んでいいような話じゃないような気はしてる。でもだめ、どうにもうんざりしてしまって、脱力する。なんならちょっと、笑ってしまいそうなくらい。

そして私は頭の中に、あるイメージが湧いていた。幼いころに絵本で読んだ、なつかしい「眠り姫」のお話。

『もう帰ってくれない？　って、我慢できなくて言っちゃったんだけど。俺、悪いと思ってないから』

『だってあまりにさ、ひどすぎると思う』

『倉石さん、帰りにわざと皿割って行ったんだよ。そんなの店にも迷惑だし。代わりに俺らが謝ったし』

むかしむかし、あるところ。

お姫様が誕生したことを祝って、王様がパーティーを開いた。

王様は国中の魔女たちを皆招こうと考えたけれど、宴に使う食器が一組だけ足りなかったので、ひとりの魔女だけが招待から漏れた。宴の日、招かれた魔女たちは、お姫様にそれぞれ「美しさ」や「賢さ」などの素晴らしい贈りものをした。ところが最後のひとりが贈りものをわたそうとしたとき、招かれなかった魔女が現れて、お姫様に「死の呪い」をかけた。「十五歳の誕生日に、糸車の針に刺されて死ぬ」という呪い。パーティーに自分だけが招かれなかったことに腹を立てたのだ！

なんだか似てる、お姉ちゃんに。

子供の頃は、なんでこの魔女は呼ばれてもいないお祝いに、わざわざお姫様を呪いに現れたりしたのかしら、そんなの自分が惨めで悲しくなるだけじゃないかしら、なんて不思議に思ったものだけど、なるほど。魔女ってお姉ちゃんみたいなメンタリティだったのか。

この魔女にも妹がいたりしたかな。

魔女が王様のパーティーを台なしにして、お姫様を呪ってからの間、悲しむ国民たちに囲まれて、妹はどんな気持ちで暮らしていただろう。

長々と怒っている高梨くんは後回しにして、私はとりあえず杏奈にメッセージを返した。『うわーおめでとう！』の文面と、目からハートが次々飛び出しているヒヨコのスタンプ。でも、もし杏奈も一組の打ち上げに参加していて姉の傍若無人ぶりを目の当たりにしていたとしたら、その妹がこんなのんきな返信を送ってきちゃうなんて滑稽だな。

杏奈は絶対に打ち上げとか参加するタイプ、実行委員だし、と思うのだけど、同じ条件のヨシくんがクラスの打ち上げに顔を見せていなかったから、ふたりはどこかでふたりだけの打ち上げ、兼初デートみたいなことをしていたとかで姉のことはまだ知らないといいなと思う。まあどのみち明日学校で知ってしまうことにはなるんだろうけど。

姉が理不尽に暴れてクラスじゅうから嫌われた。ちょっと前、姉が孤立しかかっていた段階では普通に接してくれていた、高梨くんのような男の子にさえ。そう知ったら杏奈はまた、私のことを思い出して気に病んだりするだろうか。それとも、彼女ももういい加減怒るかな。私も、姉ごと見限られるかも。

高梨くんは姉に不快にさせられて、でもきっと倉石凛本人からは謝罪なんて絶対に聞けそうにない、そんなことが叶うようなまともな相手じゃないってことを察した。それで姉よりはまだ話の通じそうな妹の存在を思い出して連絡してきた。小学生のとき、公園で私の腕を摑んだショウくんのお母さんと同じだ。杏奈だって同じように怒ったって不思議はない。本人にぶつけられない怒りを妹に。

「うちの姉が本当にすみません」

そんな台詞をぼそっと口にしてみたけれどぜんぜん心はこもらなかった。高梨くんになんと返信しようか、ごろごろしながら考えていると眠くなってきた。

ちょっとだけ仮眠しようか。でも、今寝たら前髪に寝癖が……。

葛藤しながら、気づいたら瞼を閉じていた。すぐに脳が眠ろうとする。遠くなる意識のふちで、もし杏奈が姉に対する愚痴をヨシくんに吐き出したりしたら、彼はなんて答えるだろうと考えた。ひとの悪口を言うのは良くないよ、なんてしょうもない話を、自分の彼女にもするのかな……。

ヨシくんなんてフラれてしまえばいいのに。

こんなの完全に理不尽で、的外れで、一方的で、お門ちがいな感情だって、わかってるんだけど。


いつものアラームで目が覚めて、ぐっすり眠っていたことに気が付いた。窓の外が明るい。身体を起こすと、左側の前髪が撥ねている気配がした。

顔を洗って、やっぱり撥ねていた前髪は後回しにして朝食を食べながら、昨日から既読のままスルーしてしまっている高梨くんへどう対応しようか考えた。でも、なにも思い浮かばない。食べ終わる頃にはいろいろどうでもよくなってしまって、ひとまずこのまま無視する方向でいこうと決めた。ヒヨコが転げまわっている意味のわからないスタンプを返してみようかとも思ったけど、それならなにもしない方がマシな気がして。

制服に着替えてから、前髪に取り組んだ。アイロンとヘアオイルでなんとか勝利をおさめたように見えるけど、このタイプの寝癖は完全に息の根を止めたと思っても、後からふと鏡を見たときにはぜんぜん元気に復活していることもあるから油断ならない。

さあ、そろそろ家を出ようかしら、と廊下に出たとき、二階から母が下りてきた。

「麻友」

「あ、行ってきます」

「凜、今日学校行かないっていうの。お腹痛いって」

「え……あ、そう」

「やっぱり学校でなにかあったみたいなんだけど……知らない？」

額に手を当てて、少し青ざめた顔で母が尋ねる。

私は、眠り姫、というワードをのみ込んで「さあ」と首を傾げた。玄関に向かい、扉を開ける。良い天気だ。

いつもの道をいつも通りのテンポで歩いたのに、今日はうっすら汗をかいた。乗り込んだ電車、窓に差す光が眩(まぶ)しい。本当にいいお天気。もうほとんど夏みたいな空の色。

清々しい気持ちで呼吸をして、でも、窓に映る自分の左側の前髪がもう撥ねているのに気づいてちょっとへこんだ。端から見切れている傷を見て、今ひとりきりで部屋にいるはずの姉のことが頭に浮かぶ。それから、すごく唐突なんだけれど、私は姉のこともちょっぴり可哀想になってきていた。

ひとりだけパーティーに呼んでもらえなかった魔女って、気の毒かも。他の魔女たちが皆呼ばれた楽しいお祝いに自分だけ招かれなかったりしたら、私ならすごく悲しい。もし後日魔女たち皆で集まったりしたとき、「こないだのパーティー楽しかったねー」みたいな話を聞かされることになったらと思うと居たたまれない。

でも私なら、だからって呼ばれてもいないパーティーに押しかけたりはしないな。お姫様を呪って憂さ晴らししたって空しいだけだし。そこでそういうことしちゃうような魔女だからハブられるんじゃないの結局。姉だって、打ち上げで歓迎されないのも追い払われるのも結局ぜんぶ自分のせい。でもなんだか今、それがなにより可哀想に感じる。

姉は可愛くて、頭も良くて、運動もできて、おしゃれで、よく笑う明るい女の子。ひとから好かれるのになんの苦労もいらないはずの、愛されるべくして生まれたような子。なのにどうして、こんな清々しい初夏の日にひとりぼっちで登校拒否なんてしているのかというと、ぜんぶ自分の悪さのせい。

姉はどうしてあんなに、ひとから嫌われるようなことをするんだろう。ひとを傷つけずにいられないんだろう。ものすごく良い子でいる必要なんてない、ただ、ふつうの子でいればいいだけなのに、なんであんなにも、すごく悪い。

頭のいい姉ならちょっと考えればわかるはず、良いひとでいた方が得なタイミングとか、悪いことをしたら損をする状況とか。なのに姉は悪いことができそうな場面では絶対に悪いことをする。それってすごく馬鹿、というか、愚かなかんじ。呼ばれてないパーティーに現れて悪態をつくってとても愚かだよお姉ちゃん。おとぎ話の悪い魔女の行いとしても有名な明らかなNG行動なんだよそれって。

ていうかひとをいじめたり追い詰めたり傷つけたりするのだって、誰も幸せになれないなんの得にもならない無駄な行為じゃないのかな。意地悪なひとって、どうして意地悪なことをするんだろう。それを楽しいと感じる回路って、集団の中で優位に立ちたいっていう本能？　意地悪をすることが人間関係をつくるうえでの手段のひとつとして確立されてしまってるのか。そんなリスキーでコスパの悪そうな手段を取らなくたって人間同士はやっていけると思うのだけど。そう、お姉ちゃんなら絶対やっていけるよ。

自分の行いは自分に返ってくるって、道徳の教科書とかおとぎ話で語られていることは本当にあるんだって、気づいてよお姉ちゃん。私は気づいたよ、お姉ちゃんのおかげで。

お姉ちゃんは悪くさえなければきっと世界一幸せにだってなれるのに。

そんなことをぐるぐると考えていたらいつのまにか学校の最寄り駅に着いていた。

いつもの電車、いつもの駅で、今日もヨシくんは乗ってこなかった。

教室に着くと、ヨシくんはちゃんといた。

隣の席の男子と話す猫背の後頭部を眺めながら、今日のヨシくんはただなんとなく早起きをして早い電車に乗ってきたわけじゃなくて、きっと杏奈と一緒に登校してきたんだろうな、と思った。だとしたら、明日からもたぶん、ヨシくんはもうあの電車には乗らない。委員会も終わって、もう私とヨシくんが特別に話をする機会はなくなった。せっかく仲良くなれたのに、クラスの違う杏奈とはこのまま疎遠になる予感もしている。別に、話をしたければいつだってラインはできるし、会いたいと思ったら会えばいいんだけど、でも。

「おはよ」

「ああ、おはよう」

後ろから、絵莉が声をかけてきた。ヨシくんの後頭部を見つめていたところを見られたかもしれない。

昨日「ヨシくんが好きじゃなくなった」と告げたとき、絵莉はぽかんと口を開けて「へっ?」とちょっと間の抜けた感じに驚きの声を上げた。「なぜ？　なんで？　ホワイ?」と詰め寄られて上手い言い訳が思い浮かばず、私は「なんとなく、もうかっこよく思えなくなって」、とへらへら笑って見せた。「実際そんな、かっこよくないよねヨシくんて」なんて、失礼なことも言ってみたりして。

絵莉はしばらく訝しそうな顔をしていたけれど、「あー。でも、確かにそういうことってあるかも」と最後には納得してくれた。ただ、絵莉の目にはなぜか私が落ち込んで見えたようで、「じゃあはやく次の男の子探そう。一緒に、ね、がんばろ」と励まされてしまった。

「ね、ヨシくんのこと見てたでしょ」

やっぱり気づいていた絵莉が、容赦なく指摘する。

「いや……、やっぱり好きじゃないな、と思って見てたの」

言い訳すると、絵莉は私の頭にぽん、と優しく手をのせた。

「夏休みさあ、旅行とか行きたいな」

「あ、行きたい」

「プールがいいな。海でもいいけど、髪とかぱさぱさになりそうだし。あ、あと花火。お祭りのも見たいし、手に持ってやるやつ、やりたい」

「いいね」

手持ち花火は、去年庭で姉とやった。姉は蟻の巣を焼いていた。

「計画たてようね」

「うん。あ、そうだ」

　ふと思いついて、私は、

「私、絵莉の家行ってみたい」

　友達の家に遊びに行ったりとか、そういうの、しばらくなかったから行ってみたい。

絵莉がどんな部屋に住んでるのかも気になるし。

　そんな軽い気持ちでの発言だった。でもその瞬間、絵莉の顔からさっと表情が消えた。

「あ……、うん。うーん……、でも、あの、うちお兄ちゃんがいるから」

「え、うん」

　そのとき、ホームルームの鐘が鳴った。「うん、そうなんだよね」と絵莉は自分の席へと歩いていく。お兄さんがいると、なんなのか、聞きそびれた。なんだかちょっと、聞きづらい雰囲気だった。なんだろ、もしかして仲が悪いとかかな。まえに聞いたときは、まあまあ普通に仲良しの兄妹だと言っていたような気がしたけど。

　多少気になりながらも、私も自分の席に向かった。歩きながら、鞄の中でスマホが震えていることに気がついた。また高梨くんかな。まだ怒ってるのかな。それとも返事の催促？

　面倒だし、やっぱり「うちの姉がごめんね！」とか心にもないことを返しちゃおうかな、と考えながら、机の下で通知を開く。表示されたアイコンは、高梨くんではなかった。母から。連続してメッセージが届いていた。

『あのね、急なんだけど』

『お姉ちゃんが救急車で病院に運ばれました』

『お腹が痛いって、緊急手術になりそう』

『麻友、早退して来れる?』

『無理のない範囲で』

私は席を立った。

鞄を持って、ちょうど教室に入ってきた先生のところに向かった。

並んだ机の細い隙間をすり抜ける。

冷静だったし、足取りもしっかりしていた。

ただ、事情を説明する声はどこかふわふわしていた。

教室の視線がこちらに集まっている気配がする。前の扉から廊下にでるときちらりと振り返ると、ヨシくんと目が合った。

階段を下りて、校門に向かった。途中、母から病院の名前と、早退できるならタクシーを使うように、という旨のメッセージが追加で届く。

ホームルームの始まった時刻、靴箱にも校門への道にもひとの気配はまったくなくて、そのぶん降り注ぐ太陽の暖かさや風の音やグラウンドの砂の匂いがやたらはっきりと感じられた。タクシーに乗れそうな道なんて知らない、とりあえず駅まで行こう、と歩き始めたあたりで、ようやく母からのメッセージの内容が頭に染みこんでくる。

お姉ちゃんが救急車で運ばれた。

救急車って、ほんとに？

お腹が痛いって、なんだろう。

手術って、つまり、なに？

それって、もしかして、お姉ちゃん死んだりして。

お姉ちゃんが、死……。

急なことで、深くは考えられない。でも、これってその可能性がある話なんじゃないかな。そうなのかな？　本当に？　どうなんだろう。わからない。

わからないけど、でも、ちょっと自分でも信じられない気持ちなんだけど、その可能性が頭に浮かんだ今、私、胸が躍りそう。

姉が本当に死ぬかもしれない。

そのことが私はうれしい。

なんだかすごくうれしいみたい。

喜びながら怖くなった。

私って、本当にお姉ちゃんに死んでほしいと思っていたんだ。

うれしくて、今にもスキップしそうになって、恐ろしくなってつまずいた。
だってこんなの、魔女のスキップじゃないか。

7

お姉ちゃんが死んだら嬉しい。ずっとそう思っていた。

私の人生の障害になるに違いないお姉ちゃんにはできるだけはやく死んでほしい。世界の平和のためにも姉は死ぬべきで、だから私は妹としての責任をもってすみやかに姉を殺すのが正しい。家族を殺したいと望むなんて倫理的にとても許されないことだと思うけど、でも私は特別に自分にそれを許してあげることに一年半前決めたのだ。逮捕されるのは絶対に嫌だから誰にもバレないように完全犯罪を成し遂げたいけど、ものすごく普通の女の子である私が日本の警察を欺くなんてすごく大変だなあ、って、それがここ最近の私のなによりの悩みだった。

だから姉が倒れて病院に運ばれたというニュースにわくわくするなという方が無理な話で、私は今とっても嬉しい。姉が自動的に死んでくれるかも！　こんなラッキーなことってない。どうしても期待しちゃう。どうかな？　姉はちゃんと死んでくれるかな？

病院に向かうタクシーの中、私はわくわくする胸を押さえながら、ひどい顔をしていたんだと思う。「もうすぐ着くからね」と、運転手のおじさんがものすごく優しい声で言った。「はい」と答える声が頼りなく震える。

駅のロータリーに停まっていたタクシーに飛び乗って、母から送られてきた病院の名前を震えながら告げると、白髪の運転手さんはなにかを勘違いしたみたいで以降ずっとものすごく優しい。きっと私のことを、急な病気の家族のもとに急ぐ善良な女子高生かなにかだと思っている。

そうじゃない。私は心の底から姉の死を望んでいて、そんな自分に恐れおののいている女子高生。

『もうすぐ着く』

母にラインを送った。すぐに既読の通知がついて、返信が来る。

『お父さんが下りてくから』

お父さん。お父さんも病院にいるんだ。ふたりして仕事を放り出して駆けつけたのかな。そんなに姉は深刻な状態なんだろうか。期待しちゃっていいのかな。胸がまた一段と大きく膨らんで、そんな自分を俯瞰(ふかん)してみている自分が怖がる。なんだかちょっと、泣きそうなくらい。

「ほら、着いたよ。玄関のところまで行くからね」

運転手さんの声に顔を上げると、タクシーはもう病院の車用の入り口を抜けるところだった。

　一度も来たことのない、大きな総合病院だった。植え込みの向こうに広いスロープのついた玄関があって、そこに背広姿のお父さんが立っているのを見つけた。ほとんど同時に、お父さんもタクシーの中の私を見つけた。私は手のひらで、涙のにじんでいた目元をぬぐった。

「ありがとうございました」

　玄関の真正面に停車してくれたタクシーの窓越しに、お父さんが代金を支払う。運転手さんは最後まで私に気遣わしげな視線を向けて、ドアが閉じるときにひと言、「しっかりね」と言った。彼の中でどんなストーリーが巡り巡ってそんな言葉にたどり着いたのかわからないけれど、たぶんこのひとはとてもいいおじさん。優しいおじさん。

「麻友、大丈夫?」

　お父さんが私の鞄を持った。隠したかったけれど、涙に気付かれたみたい。すでに目が腫(は)れている感じがするから、そのせいかも。

「大丈夫。お姉ちゃんは?」

「それが、これから手術することになって」

「なんで?」

「えっと、お腹に腫瘍(しゅよう)だか、水が溜(た)まってるとかどうとか」

ような顔で。
「え？」
お父さんが私の目を見返す。そんな言葉を聞くなんて、思ってもみなかったというよ
「死ぬの？」

「死ぬような病気？　死ぬような手術？」

「いや」

ははは、と、お父さんは軽く笑った。優しい顔。さっきのタクシーの運転手さんと同じような、優しい声で。

「死ぬようなやつではないよ」

お父さんはその大きな手のひらを私の頭にぽんとのせた。お父さんにこんなふうに撫でられるのって、久しぶり。死ぬようなやつではない、という言葉が脳にすっと染みた。ああ、そう。それは……そう、そっか。じゃあなんで私って呼ばれたんだろ。

「大丈夫。凜は大丈夫だよ」

大丈夫、と、お父さんは繰り返す。お姉ちゃんが死なないっていうのにお父さんはぜんぜん悲しそうでも悔しそうでも惜しそうでもない。私はそのぜんぶ。すごくがっかりした。涙は急速に乾いて、それでもまだ、ちょっとは可能性があるんじゃないかと期待する気持ちが消えない。そんな期待をしてしまう自分にまた怯える。

この怖さにはちょっとなつかしさを感じてもいた。自分が怖いという気持ち。自分自身に心から引いてしまう気持ち。お姉ちゃんが死ぬのを望むなんて！　それを喜ぶなんて！　そんな最低な人間なんだ私は、ということを自覚してしまった幼い頃の恐怖だ。

でも私はそんな自分を許したはずだったのに。姉の急病の知らせを聞いて喜んだ自分にあらためて動揺してる。元気な姉を殺したいと企むことと、病に倒れた姉にそのまま死んでほしいと願うことは罪の種類が違う気がして怖い。後者のほうが、なんだかリアルな気がしてる。私って本当に、本当の本当に姉に死んでほしかったんだ。現実逃避でもやけくそでも強がりでもなくて、純粋に、心から真剣に。

でももしかしたらこの恐怖は私の両親も感じているものかもしれないと思っていた。お父さんもお母さんも本当はお姉ちゃんに死んでほしいんじゃないかって。だって絶対その方が良い、その方が世界にとっても私たちにとっても絶対に良いんだって、本当の本当はわかっているはずなんだふたりとも。わかってるんだよね？

お父さんの灰色の背広を睨みながらエレベーターに乗る。薬のような、アルコールのような匂いがかすかに漂う。お姉ちゃんを突き落としたエレベーターはこんな匂いはしなかった。コンクリートと埃（ほこり）の混じる無機質な香りがしていた。なんで私は夢の世界でお姉ちゃんを突き落としたんだろうと不思議に思っていた。今だって不思議な気分。

エレベーターを降りて、左手に折れた廊下の先の病室、お母さんがいた。空のベッドの傍らに置かれたパイプ椅子にうつむいて座っていたお母さんは、私の顔を見るとすぐに優しく微笑んだ。さっき私の頭に触れたお父さんの手も優しかった。みんな優しい。健康な家族を殺したいとも病気の家族に死んでほしいとも思っていない。死ぬほどの病でもない娘を本気で心配して気遣って、学業に勤しんでいるその妹まで呼びつけるような優しい両親。

「今さっき手術室に入ったの。腹腔鏡でできる手術だから、そんなにはかからないって。麻友も来るよって言ったら、お姉ちゃん喜んでたよ」

「……そっか。腹腔鏡？」

「うん。あのね、お腹を大きく切るわけじゃなくて、小さくちょっと切ったところから管を入れて」

「ああ、わかった」

「うん、だからね、大丈夫だよ」

死なないまでもさ、ずっと、長く病院に閉じこめておけるような可能性はないのかな？　と考えて、またそういうリアルっぽいひどいことを望んでる自分に怯える。喜んだり怯えたりがっかりしたり、頭のなかひとりで忙しくてバカみたいだ。私の姉に対する喜びも期待も失望も恐怖も、誰とも共有できない、わかり合えない、ただ私の中だけで行き来するものなんだ。こんなに大きな感情なのに。

お姉ちゃんが病院に運ばれることになった腹痛は誰にでも起こり得る、特にはっきりした原因もなければ予防対策もないありふれた病だった。手術で病巣を切り取ることでほとんどの場合完治する、後遺症もなく予後も良い病気。ただ痛みはとてもひどくて、発症すると軽い痛み止め程度じゃ抑えられない、それこそ救急車を呼んだりするほどの強い痛みがあるそう。

強い痛みに苦しむ姉を見ていないから、私の中でその病の印象は手術室から無事に出てきた、麻酔で眠る美しいお姉ちゃんで固定された。なんて美しい病。姉を殺せない病。

姉が目を覚ますのを待つという父をひとりのこして、夕方、私と母はタクシーで帰ることにした。タクシーの窓から見慣れない景色が流れていくのを眺めながら、何をしに病院に行ったのかさっぱりわからなかったな、と考える。姉は死ななかったし、姉と話すこともできなかったし。

ただ、お昼に病院内のレストランで食べたカレーがとても美味しかった。病院のご飯が美味しいというイメージがなかったから、ちょっとびっくりした。あれは、お姉ちゃんにも食べさせてあげたかったな。

翌朝、アラームを聞いて目が覚めた。いつもより深く眠っていた気がする。隣から、姉の気配がしないから。

父は夜のうちに帰って来ていた。目が覚めた姉と少し話せたそうだ。「イチゴが食べたい」と言っていたらしい。きっと今日両親は仕事帰りに季節はずれの高価なイチゴを買ってお見舞いに行く。

私は普段通り学校に行った。普段通り時間は過ぎて、朝のホームルームが終わって少ししたとき立て続けにスマホに通知が入った。一瞬、また姉になにかあったのかという考えが過ったけれど、通知は杏奈からだった。『凛ちゃん大丈夫?』と。

そのメッセージへの返信を打っている最中にまた続けてラインが入って、今度は高梨くんから。『ごめん』『倉石さん、大丈夫なの?』『倉石、姉』『一昨日いろいろ送ってごめん』と、連続してスマホが震える。いずれも姉を気遣う内容。

姉ってそういうとこがある。

いつだって、結局世界に許される。

たぶん今の時間のホームルームで、一組では姉の急病と入院が担任の先生から知らされた。大人しいクラスメイトをいじめて球技大会の打ち上げを台無しにして決定的に孤立していた姉が病に倒れたと。そう聞いて杏奈と高梨くんがそろって私に連絡をくれたのは、彼ら自身がとてもいいひとで姉の身を案じてくれているということに加えて、一組全体でも姉に同情的な雰囲気が優勢になったからじゃないかな。入院するほどの大病から。

を患った人間を責め続けるのって難しい。弱ってる人間を責めるのって、罪悪感がわく
しっかりしろよ一組。姉の罪と病気は関係ないじゃん。

高梨くんから送られてきた『ごめん』の文字を見て、じわじわ腹が立ってくる。なにを謝ってるの。あんなに姉に怒ってたのに、急病くらいで許してんじゃねえよ。あいつの悪さは、邪悪さは、そんなことで許していいようなものじゃ絶対ないのに。

姉はほんとに、いつだってそう。運がいいっていうか、間がいいっていうか、もっているっていうか。子供の頃、複数人でいたずらをしたりふざけたりしてみんなで怒られるような場面では、大人に見つかったその瞬間に姉だけは大人しくいい子にしていたり、タイミング良くお説教の場にいなかったりした。しれっと罰を免れる。それでまた、何食わぬ顔で罪を重ねる。

姉が退院して登校したとき、一組のひとたちはきっと温かく彼女を迎え入れるんだろう。姉は当然のような顔でその許しを受け入れる。もちろんなにひとつ後悔も反省もしていないから、またじわじわと周りを傷つけて不快にさせてひとの気持ちや大切な時間を台無しにするっていう一連のトラブルを一から繰り返すんだ。

殺せば防げるけど。

午前中と午後を普通に過ごした。

すごく嬉しいこともなければすごく悲しいこともない、平和な時間だった。ただ、放課後が近づくにつれ、すこしずつ落ち着かない気持ちになる。放課後、姉の病院にお見舞いに行こうと決めていた。お見舞いに行って、それで、いろいろ。昨日はなにもできなかったし、だから、今日はいろいろ。

目を閉じると、眠る姉の腕から伸びていた点滴の管と、そこに繋がる透明なパックが瞼に浮かぶ。テレビドラマとかでよく、あれにいろいろな細工をしたりしてひとを殺すシーンを見る。あれって、どのくらい現実的な手口だろう。看護師さんやお医者さんにすぐにバレてしまったりしないのかな。ああでも、ちょっと待って。そもそも私って、どうして……。

閉じた瞼が温かい。

顔に太陽があたってる。

気持ちいい、けど日焼けしちゃうな、と思い、目を開けた。すぐそこに、濃い緑色の葉に囲まれた小さな白い花が咲いている。

隣を見ると、縁石に座った絵莉は膝に載せた画板の上、真面目に手を動かして花のスケッチを続けていた。絵莉はけっこう絵が上手い。一日の最後の時間割、美術の授業のはじめに、お天気が良いので外で自由にスケッチしましょうと言われたとき、声を上げて喜んでいた。

絵はぜんぜん駄目だけど、私もこういう屋外での授業は好き。でも今日は、まったく集中力が続かなかった。校舎裏に咲いていた名前のわからない花を題材に決めたはいいけれど、膝の上に載せた画用紙には、まだ形の見えない数本の線が引かれているだけ。

「起きた？」

声に顔を上げ再び隣を向くと、視線は花に注がれたまま、絵莉の唇が動いた。

「寝てたでしょ」

「ううん……、寝てないよ」

「五分は動かなかったよ。もっとかも」

「それはあれ……考え事してた」

「ヨシくんのこと？」

「え、違う」

「じゃあ、お姉さんのことだ」

「あー……」

うん、と頷いた。

絵莉には昨日のうちに姉の入院についてラインを送っていた。彼女にはあまり姉のことを話したくなかったけど、急に早退したことを心配してるだろうから、仕方なく。

絵莉はぐっと身体を乗り出して、白い花に顔を近づける。デッサンの基本は、対象の観察。

「お見舞い、一緒に行こうか？」

「え？」

ちらっとこちらを見た絵莉と一瞬視線がぶつかる。私は口を開けて、でも、返す言葉がスムーズに出てこない。え、だって、

「なんで？」

率直に尋ねた。

「うーん、なんとなく」

絵莉は桜色の唇をすぼめる。

「いや、大丈夫だよ、そんな」

「そっか」

「うん」

「そっか」

うん、とまた頷いて、会話は終わる。

お見舞い、一緒に。一瞬びっくりしたけど、そんな、驚くようなことでもないか。絵莉はただ付き添いを申し出てくれただけ。私がよからぬことを企んでることがバレたと

か、そんなんじゃなくて。

「ねえ」

「ん？」

　再び声を上げた絵莉に、私は首を傾げる。横目で見た彼女はやっぱり花を真剣に見つめている。私もいいかげん手を動かして、授業終了までになにかしらの形を描く線を引かなきゃ。

「人生相談していい？」

「え、うん。どうぞ」

「私、お兄ちゃんがいるって言ったじゃん」

「うん」

「うちのお兄ちゃんね」

　絵莉はそこで言葉を切る。一秒、二秒、沈黙が続く。私はまた盗み見るみたいに隣を見た。絵莉の視線は膝の上の画板に落ちていた。

「やっぱいいい」

「え」

「うーん、なんか、うん、ごめん」

「えー、いや、でも。お兄さん、どうかしたの」

「うん……」

絵莉は画用紙に引いたばかりの線を消しゴムで消した。風が吹いて、柔らかな髪が揺れる。その前髪の陰になって、表情はわからない。

「うち、お兄ちゃん、ひきこもりなんだよね」

「え」

「なんかそれで、どうしたらいいのかなって、たまに悩む」

「あ……そうなんだ」

「うん」

ふー、っと、絵莉は長く深く息をついた。それからおもむろに、「チョコ食べる？」とポケットに手を入れて、こっちの返事を聞く前に金色の包みを差し出した。

「あ、ありがとう」

「いえいえ」

「え、その、ひきこもりって……、どんなふうなの？　なんか、ヤバいやつ？　いや、その」

急にもたらされた情報、友達のひきこもりのお兄さんについてどんな表現を使っていいのかわからなくて、言葉に詰まる。受け取ったチョコレートからは甘い匂いがして、お日様と緑の匂いに混じった。いつもどこかふわふわして甘いお菓子ばかり持ち歩いている絵莉がきょうだいのことで悩んでいるなんて、一瞬たりとも想像したことがなかった。そんな話、これまで一度もされたことがなかった。それがなぜ今、急に。

「暴れたり？」と、私は結局ストレートに聞いてしまった。

「いや、そういうヤバさはないんだけど」

絵莉は軽く笑って、「でも、たまーに親と喧嘩してるっぽい声が聞こえる」と言った。たまーに、の「まー」を、ものすごく長く発音した。

「そう、なんだ」

「うん。それでね、なんか親が死んだ後のこととか考えちゃう」

立てた膝の上に頰を載せて「考えちゃわない？」と絵莉は尋ねた。真っ直ぐ私をとらえるその瞳を見て、あれ、もしかして、と思った。

もしかして、絵莉って私の姉のこと、知ったのかな。姉の正体。姉がとても悪いってこと。私がいくら隠したって、絵莉は友達が多いから、姉の悪い真実が聞こえてくるルートがどこにあったって不思議じゃない。

絵莉の瞳には共感を示す光が灯っているように見えた。あなたもわかるよねこの気持ち、というような。だってそう、そうじゃなかったら、突然こんな話をするかな。

それとも、違うかな。姉のことなんてなにも関係はないのかな。絵莉はただ絵莉のタイミングで自分の話をしているだけで、それにこんなふうに反応してしまうのもただ私の事情で。

「考え……いや、うん。いや、考えない」

私の答えに、絵莉は「どっちよ」と笑った。私は少し考えて、「そんな先のことは、あんまり考えない」ともごもご答える。「どんなことを考えてるの？　絵莉は」

「えー、私が養ったりするのかなあとか。私が喧嘩するようになるのかなあとか。親もそれを望んでるのかなあとか」

「そんなの」

ちょっと大きな声が出た。自分で、あ、声でか、と思った。でも湧いて出た気持ちが大きいからしょうがない。

「絵莉には関係ない話じゃん。そんなの、ほっといたらいいよ」

「えー」

絵莉は私の大声にくすくす笑って答える。

「でもさあ。家族だし？」

「いや、絵莉がそうしたいならいいけど……、でも違うなら関係なくない？　家族っていったって、きょうだいなんて、別にそんな……他人じゃん」

「まー、そうかもですけど」

「そんな、家族より絵莉の方が大事でしょ、絶対」

　私はなんだか動揺していた。いつでも幸福そうに見えた絵莉がきょうだいのことで悩んでいたことにも、それを自分が今の今まで全く知らされていなかったことにも。悩みのない人間なんているわけないし、友達に家族のことをなにもかも話したりしないのだって別に普通って、わかってるけど。

　人生相談、と絵莉は言った。つまり今、私はなにか意見を求められている。私に言わせれば絵莉はぜったいに翳りなく幸せであるべき子なので、だから絵莉には自分の幸せのためだけに生きてほしい。

「普通にさ、距離おいたらいいじゃん。と思う」

「んー、そーね。でもそれってさあ、ちょっと酷いやつじゃない？」

「そんなことないよ。そうだったとしても、別にいいじゃん。絵莉が一番いい距離感でいるのがいいと思う、私は」

「そっかあ」

　絵莉は膝を抱えて丸まったまま、そうだねえ、とのんびり答える。

　混乱しながら咄嗟に導き出した答えではあるけれど、間違ったことは言っていないつもり。絵莉が一番であれ、という主観にまみれた意見ではあるけど、絶対におかしなことは言ってない。家族といえど距離感を大事に、自分を大事に。これって結構ちゃんとした、自立した意見じゃん、と思う。でも同時に、なんで私は他人の家族にちゃんとした意見なんて言ってるんだろ、と思った。自分の家族のことなんてなんにも把握できてないし何が正しいのかどうしたらいいのかもよくわかんないのに。よその家族ならおかしなとこにもすぐ気づける。客観的な意見もほいほい言える。

「なんか大学とかもさ、東京の第一志望のとこ行ってひとり暮らししたいけど、不安もあって。そんなかんじの家族残して家出ちゃうのって」

「いいよ、そんな、ぜんぜん」

言いながら、私は自分で耳が痛い。ひとにはちゃんとしてるっぽいことを言う。じゃあ、私は？　私はどうなんだろう。

自分の吐き出した言葉がぜんぶ自分に返ってくるみたいに聞こえて、でも私はそれをあんまり聞きたくないみたい。友達に伝えたい言葉を自分で受け止めるのには抵抗を感じる。そんなのってずるいなとは思うんだけど。

私の後ろめたさを知ってか知らずか、絵莉は丸まっていた身体を伸ばして「まあそうかもなー」とさっぱりした声を出した。それから、ポケットからまたチョコのケースを取り出して、「話聞いてくれたお礼」と一粒くれた。

どういたしまして、とはっきり言うことができなくて、私は「うう、うん」と曖昧な返事で頷く。チョコはほしいので受け取った。

お菓子を食べながら、私たちはしばらく真面目にスケッチに勤しんだ。可愛らしい花を描けば描くほどただ画用紙が汚れていくようでやる気はぜんぜんでなくて、私はほとんど絵の出来は放棄して日光浴の気分だった。

頭では、さっき自分が言った言葉について考えていた。「普通に距離おいたらいいじゃん」って、私が言った？

「あ、五分前」

スマホで時間を確認して、私たちはスケッチを切り上げた。美術室に戻って、絵を提出しなければいけない。立ち上がってスカートについた砂を払う。並んで校舎裏を歩いていると、ふいに絵莉が言った。

「でもさあ、こんな不安って大げさかもしれないけど」

さっきの話の続きだ、とすぐにわかる。

「うん」

「なんかね、ニュースかなにかで見たんだけど」

「うん」

「日本でおきてる殺人事件ってね」

「え、うん」

「家族の間で殺してるのが半数以上なんだって」

「へえ」

そうなんだ、と答えながら、私はすごく、ものすごく驚いていた。

今日はタクシーじゃなくて、電車で病院に向かう。

初めて降りる駅だった。構内にあった周辺地図で場所を確認する。一番近い出口から外に出ると、遠くにもう病院の屋上が見えた。

空はまだまだ明るくて、あいかわらず良い天気だ。広い歩道に人通りは少なく、四車線の車道にもあまり車は走っていない。通りの路面店の佇まいを見るともなしに見ながら歩いた。

カフェ、美容院、歯医者、不動産屋、お弁当のチェーン店、カフェ、よくわからないオフィス、オフィス、保険の相談窓口、ケーキ屋。

ケーキ屋。

白地に、パティスリーコジマ、と緑色でレタリングされた看板が目に入った。大きな窓と透明な自動扉から、真っ白な制服を着た店員さんとカラフルなケーキが並ぶショウケースがたっぷり見える。こんな、ちょっとしょぼい、ちょっと、さびれた？　ちょっと郊外の、駅近くにあるお店にしては、すごくおしゃれな外観だった。特に注意していたつもりはなかったけど、お店の正面まできたとき、イチゴの載ったピンク色のケーキと目が合った。

お姉ちゃん。

食べられるのかな、ケーキなんて。

自動扉を抜けて、パティスリーコジマに足を踏み入れたとき、「普通に距離おいたらいいじゃん」という自分の言葉がまた蘇った。それからつい昨日、姉が病院に運ばれたと聞いて、嬉しくて弾んだ気持ちを思い出す。

でもケーキを買っていったらお姉ちゃんは喜ぶと思う。

店員さんがにっこり笑って「いらっしゃいませ」と明るい声を出した。私はケーキの並ぶケースを見下ろして、つやつやしたムースやきらきらのゼリーを端から真剣に吟味するふりをしながら、頭の半分では違うことを考えている。

殺したい、死んでほしいと思っている相手にケーキを買っていくって、どういう気持ちなんだろう。今、私は、お姉ちゃんが喜んでくれたら嬉しいな、という気持ち。

お姉ちゃんを喜ばせたところでなんの得もないともうわかってる。お姉ちゃんは世界の深刻な脅威なんかではなくて、ご機嫌をとったところで理不尽に八つ当たりをしてくるんだから不毛。自分を見失って姉に阿(おもね)って大切なひとを傷つけた、中学のときの苦い思いだって忘れてない。

私は姉を喜ばせようなんて考えるべきじゃない。一瞬の姉の笑顔のために大切なお小遣いからケーキを買うなんてどう考えたってやめた方が良い。でも無理。だってお姉ちゃんはイチゴの載ったケーキが好き。だから私は姉を殺すべきなんだ！

はっとして顔を上げた。店員さんがにこやかに私を見ている。「お決まりでしたらお伺いします」と。

「あの……これって、どれくらい日持ちしますか」

「こちらの生菓子は本日中のお召し上がりとなります。こちらの焼き菓子でしたら、それぞれこの、裏に表記が」

「えっと、じゃあ……、この、これを」

「ありがとうございます。八百円になります」

透明なセロファンと緑色のリボンで綺麗に包装された包みを、店員さんが白い紙袋に入れてくれる。ピンク色のマカロン。四日先まで日持ちする。これなら食べたいときに食べられるし、それに、こんな素敵なものが枕元にあると思うだけで気分が上がる気がする。入院生活って退屈そうだから、ちょっとでも幸せな気持ちになれるものがあるって、良い気がした。本当はイチゴのケーキの方が好きだろうけど、それは退院祝いまでとっておいたらいいし。

受け取った紙袋を大切に持って、私は店を出た。歩道に出て病院を仰ぐと、広い空は金色に暮れかけていた。

受付があるのがA棟で、姉が入院している病室はB棟の五階。昨日はただ両親についてまわればよかったから、道順もなにもろくに見ていなくて覚えていない。壁に書かれた案内表示を頼りに、私は病室を目指した。

A棟からB棟への渡り廊下に、写真が飾ってあった。引き伸ばされた大きな写真が、右手の壁、等間隔に数枚並んでいる。左手は窓ガラス越しに中庭が見える。その手前、背もたれのない四角いソファが並んでいた。

誰ひとり座っていないソファがなんだか魅力的に見えて、私は意味なくそこに腰を下ろした。ちょうど正面に位置する写真を眺める。縦長の写真、どこかの険しい山肌からの日の出を写したもの。

山も太陽も、別に綺麗だと思ったことはない、好きでも嫌いでもない興味のない存在だったけど、今ここでこうして見る写真はすごく素敵。人間が写ってないところが特に良い。愛情、とかが一切写ってないところ。

廊下を行き交うひとたちが何度も視界を横切った。それは白衣を着たお医者さんだったり、検査着を来た患者さんだったり、車いすに乗った老人とそれを押す看護師さんだったりした。私の周辺はとても静かで、でも遠くからはいろいろな種類の雑音が聞こえる。

なんとなく視界に入ってくるこの他人たちにもきっと家族がいる。それって一般的にハッピーな状態かもしれないけど、でも、知ってました？　日本って家族間の殺人が五割以上らしいですよ。

やだな、悲しいな、と息をついて、あれ？　と思った。違う、私、今間違った想像をしてた。家族間の殺人が五割以上って、そっか。日本の家族のうち半分以上が殺し合うって意味とは違うよね。起こってしまった殺人のうち半分以上が、家族間ってだけ。

家族が半分も殺し合ってたらひとがいなくなっちゃう。私は自分のありえない誤解にひとりでちょっと笑った。

でもやっぱりそれってすごく悲しい話だということに変わりはない。ひとって、家族のことを殺したいと思うのって、別にものすごく珍しいことじゃなかったんだ。そんなの絶対に許されないことだと信じて傷ついて許すに至るまでの私の葛藤って、わりとあることだった。

絵莉から教えてもらって、病院に来るまでの電車の中でその雑学についてスマホで調べながら、私はちょっと騙されたような気持ちになった。世界って、家族とは揺るぎなく素晴らしいものだという価値観をアピールし続けているように思うけど、でもよく考えてみればたまたま生まれた家のメンバー全員と気が合って、何十年も一緒にいて苦痛じゃないくらいに仲良しでいられるなんて幸運は、そう起こらないのが普通かも。自分で選んだ同士のはずの夫婦だって離婚するんだし、親子とか、姉妹とか、自我が芽生えた後もずっと仲良くできるかは本当に運次第のような気がする。美人に生まれるとか、足が速く生まれるとかと同じで、ただの運。

誰かひと言教えてくれたらよかったのに。家族を殺したいですか？　ですよね、それはよくあることですよ、って。

入院患者らしき子供にじろじろ観察されだしたのをきっかけに、私は立ち上がった。B棟、エレベーターホールへ向かう。

これ、という決定的なエピソードがあったわけじゃない。ただ、日常の積み重ねの中のささやかなできごと、見たものや聞いたこと、嗅いだ匂いや話したことや、直接私には関係のない周りのひとたちの暮らしやなんかの色々が、今このタイミングの私にひとつの決意をさせていた。

自分がとてもリアルな温度で姉の死を望んでいると知ってしまったことや、一組の連中がお姉ちゃんをせっかく追いつめたのになんのこだわりもなく許したことや、自分が有紗にしたことを初めて他人に話したことや、絵莉が私にとってクリティカルなタイミングで自分の兄の話を打ち明けてくれたことや、ていうか隠してきたつもりの姉の悪さもなんだかどこかからバレた気がすることや、私の両親は姉の死を望んでいないっぽいことや、さかのぼればヨシくんに一瞬で醒めてしまったことなんかが、その一片かなと思う。

それから、最近また私の背が伸びたこと。食べ物の好みがお姉ちゃんと変わってきたこと。お母さんの頭痛の頻度が増えたこと。球技大会の実行委員の活動が、けっこう楽しかったこと。今日はとくにお天気が良いっていうこと。そんな色々の積み重ねで、たどり着いた決意。

私、お姉ちゃんを殺す前に、お姉ちゃんと戦ってみようと思う。

５０５号室は、北西向きの四人部屋。スライドの扉から入って右手の窓側に、昨日手術後に個室から移ってきたばかりの姉のベッドはある。足音を立てないように近づくと、仕切りのカーテンが薄く開いていた。隙間からそっと中を覗く。リクライニングを起こしたベッドにゆったりと上体を預けて、窓の外を眺める姉の姿があった。

毛布の上に投げ出された左手の肘下のあたりから、点滴の管が伸びる。その腕の内側、水色の病衣の襟から覗く首、頰、額に西日が当たって、姉は柔らかな金色に光っていた。長く黒い髪は虹色に。

夕暮れにただそこにいるだけで、お姉ちゃんはどこまでもドラマティックだった。病床の美少女。今にも血を吐いて死んで、世界を悲しませそうなたたずまい。気配に気づいてゆっくりとこちらに視線を向けるまでの繊細な身じろぎが、叙情的な曲のプロモーションビデオのワンシーンみたいに見えた。大サビ前Ｃメロあたりの一番の泣かせどころ。

「麻友ちゃん」

にっこりと、その唇が完璧な形で笑った。

「来てくれたんだ」

かすかに掠れた声、儚げな笑みに、ぎゅっと胸が痛くなる。

お姉ちゃんは可憐で、綺麗で、か弱くて、何も間違ってなんかいない、どこまでも正しく善良で、清らかで完璧な、守るべき存在に思えた。このひとの死を望むなんてどうかしてる。聴覚と視覚からの情報が胸を痛ませる。でもそれはフェイクだと私は知っている。なぜなら彼女の妹なので。

「体調、大丈夫？」

ベッドの傍らに置かれたパイプ椅子を開いて座った。鞄とマカロンの入った紙袋は足元に置いた。ベッドの方が椅子より少しだけ座面が高いから、私は姉をやや見上げる形になる。お姉ちゃんは、「お腹が痛い」と眉を寄せた。

「切ったところが痛い」

「そっか。切ったんだもんね」

「そう、びっくりしちゃった」

「急だったよね。だって、前の日の夜は普通だったのに」

「そう、ぜんぜん普通だったの」

口をとがらせる姉を見ながら、そうだ、目が覚めている姉と前に顔を合わせたのは一昨日の夜、姉が理不尽にキレながら帰宅してきて、私に鞄を投げつけてきたとき、と思い出す。姉はそのことを少しも悪く思ってもいなければたぶん覚えてすらいないだろう。

「もう、疲れちゃった」と息をついた。

「点滴もまだとれないんだね」

「そう、すっごい邪魔」

「大変そう」

「うん。でもね、夜からご飯食べられるから、そしたら明日にはとれるかもって、看護師さんが」

「そっか」

「うん。あ、でもね、すっごい採血が下手な看護師がいてさあ、なんかしゃべり方もキモいし嫌なの。そいつが担当だったら触らせたくないから自分で抜く」

うふふ、と姉は柔らかく笑う。可憐な姉はきっと看護師さんたちからも愛されて、何一つ不自由なんてないように親切にされて満ち足りてるだろうに、さっそく一番やりやすそうな人間を見つけていじめにかかってる。それが姉の習性だからまったく驚くようなことではないけれど、昨日入院して手術を終えたばかりなのに、早いなあお姉ちゃん、という気持ち。

「一組の子から連絡あったよ」

私はそう切り出した。

姉はほんの少し目を細めて、ふうん、という顔をした。「なんて？」

「凜ちゃん大丈夫？　って」

「へーえ。誰が？」

「杏奈と、あと、高梨くんも」

「ウケる」

膝の上の毛布を寄せて、姉はまたふふ、と笑う。さっきまでと同じ、少し掠れた甘い声、でも、ちょっと低い。私じゃなければわからないくらい。

「ウケる？」

「うん。だってあのひとたち私のこといじめてたのに」

「いじめてた？」

「そう。もう別にいいんだけどねーどうでも」

「どうでもよくないよ」

私は言った。できるだけ真面目な声で、と思ったけど、語尾がちょっと頼りなく震えた。姉は一瞬で笑顔を消して、「ん？」と首を傾げる。「どうでもよくないと思う」と、私は繰り返す。

「杏奈や高梨くんが、お姉ちゃんになにしたの」

「なにって？　なにが？」

「いじめられたってお姉ちゃんはすごい軽く言うけどさ。具体的には、なにされたの？」

「え？　なんか、ぐだぐだ言われたり？」

「それってお姉ちゃんがクラスの子をいじめてたからって聞いたけど」

「いじめてないよ？」

「見た目とか話し方とか、悪く言って笑ったって」

「えー覚えてない。ていうか麻友ちゃんも知ってるでしょ？　私って正直だから」

それでいじめとか言いがかりだし困る、と、お姉ちゃんは肩を落として深々とため息をついた。それは私を責めるためのため息。

「お姉ちゃんって」

私は喉に力を入れた。

「どうしてそんなに、性格悪いの」

お姉ちゃんがぱっと目を開いて、私を見た。

一瞬で張りつめた、空気が。

「悪い？」と、お姉ちゃんは首を振って髪をはらった。

「悪いじゃん。お姉ちゃん、綺麗だし、頭いいし、他にもぜんぶ……ぜんぶ持ってるのに、どうしてひとのこと悪く言ったり……傷つけようとするの？　今回の、今のクラスだけの話じゃなくて。今までのことぜんぶ。それって、どうして？　ぜんぜん、ひとに、優しくできるでしょ、お姉ちゃんなら」

「はあ？」

「ごめんね。私もだいぶ、悪いのかも。こんなふうに弱ってるお姉ちゃんにじゃなきゃ訊けないとか、酷いと思う。でも今訊かないと一生訊けない。私……、私ね」

お姉ちゃんに死んでほしいんだよね。

私、お姉ちゃんが死んでくれないと、お姉ちゃんから逃れられない。

ずっとお姉ちゃんの挙動に怯えてお姉ちゃんを喜ばせようと躍起になってお姉ちゃんに気軽に傷つけられて自分や周りをすり減らしながら生きていく。だって、私、

「私お姉ちゃんのことすごい好きなんだよね」

そう。

そうなんだよね。

だから死んでもらわなきゃ駄目だったんだ。だから普通にただ距離をおくっていうのが無理だったんだと、さっきケーキを選びながら気がついた。

家族だから、距離をおくのって大変だけど、ぜんぜん不可能ではないはずだ。世の中いつまでもぴったり仲良しで一緒にいる姉妹ばかりじゃなくて、遠くに暮らして何年も連絡をとらない姉と妹だって普通にいるはず。家族とちゃんと縁を切ってちゃんと暮らしているひとだってたくさんいるはず。私はきっと、普通にそれを目指せば良かった。他人に相談したらきっとそうアドバイスされただろう。実際私も絵莉には迷わずそう言ったし、中学のとき、有紗だって私にそう言ってくれたし。

姉はもう世界にとってはそれほど深刻な脅威じゃないということだってわかった。というか、姉に限らず世界の脅威なんてそこら中に山ほどあるし、人間誰しも世界の脅威になり得るといえるし、その全部を私が殺さなきゃいけないと信じるほど私って責任感のある人間でもないやと知った。

それでも姉を殺すことにこだわり続けたのは、私は姉と普通に距離をおくなんてできないと心のどこかでわかっていたからだ。お姉ちゃんが生きているかぎり、距離をおけない。生きているお姉ちゃんから離れるなんてできないと思っていたんだ。

お姉ちゃんに呼ばれたら、私はきっと尻尾(しっぽ)を振って行ってしまう。お姉ちゃんに呼ばれなければ、なんで呼んでくれないんだろうとそのことばかりをずっと考えて人生を無駄に消費する。お姉ちゃんに悪いことをしろと言われたら、最初の数回は断れても、そのうち自らそれをやる。

私はお姉ちゃんにいじめられて、傷つけられて、従ってきたから、いつかはその見返りを得られるんじゃないかという期待もあったんだと思う。他人をいじめたことも傷つけたことも覚えていない、気にも留めていないお姉ちゃんから、そんな見返りもらえるわけないって、気づくべきだったんだけど。

物心ついたときから一緒だったお姉ちゃん。ときどきすごく優しくて、親密な気持ちになれたお姉ちゃん。ときどきすごく悪くて、私はその悪さに、ほんのときどき憧れた。楽しそうに笑いながら暴力をふるって、私の自尊心を傷つけて、親友を奪ったお姉ちゃん。私のたったひとりのお姉ちゃん。

お姉ちゃんとなんのエピソードもなくただ離れるなんて嫌なんだ。私には家族として積み重ねてきたお姉ちゃんへの愛がある。子供の頃からずっとお姉ちゃんに害されてきた、その清算がぜんぜん済んでないという憎しみもある。

お姉ちゃんのことを愛してるし憎んでるからただ離れるなんてできない。

だからすっきりと劇的に殺して終わりにするのが一番いいと思ったんだ！　私がお姉ちゃんを殺したっていうエピソードが得られれば、愛も憎しみも癒されるし！

エピソードと共にお姉ちゃんに消えてほしかった。そうすればすごくすっきりするし、安心する。死んだお姉ちゃんならなんのリスクもなく好きでいることができる。

自分の中で、姉を殺したい理由が腑に落ちた。

だから。

だから、本当の本当に望んでいるのはね。

「だから私、お姉ちゃんに良いひとになってほしい」

私は勇気を出してお姉ちゃんと目を合わせた。

お姉ちゃんはすこし顎をあげて私を見下ろすようにしながら、でも、私の言葉をきちんと聞いてている。考えてくれている。

「すごく良いひとじゃなくてもいいんだ、ただ悪いひとじゃなくなってほしい。ひとに苛ついたり、いじわるしたくなったりって、誰でもあると思う。けど、そこで我慢できるひとになってほしい。ものを盗んだり、暴力とかも止めてほしいし……、あのね、そんなことする必要ないって思うの、お姉ちゃんなら」

お姉ちゃんが悪くなくなればすべて解決する。お姉ちゃんがふつうの、まあたまにちょっと悪いかな？　程度のお姉ちゃんになってくれたら、お姉ちゃんのことを愛するのも憎むのも普通だ。だって家族だから。大好きなお姉ちゃんのことを普通に大好きでいられるって幸せだろうなと思う。殺す必要も離れる必要もないお姉ちゃんになってくれれば。

そんなの無理だってあきらめていた。無理だから殺そうと計画した。でも私、今まで一度も真剣に、その望みを姉に伝えたことがない。本気で向き合うことを避けてきた。

真面目に伝えるのは、これが初めて。

「お姉ちゃんなら、ひとから奪うような方法とか、ひとを蹴落とすような方法じゃなくても、充分幸せに、」

そのとき、目の前が暗くなった。

あまりに突然で、というか、私はお姉ちゃんの目だけを真っ直ぐに見つめて話していたので、迫る影に気がつかなかった。

えっ、と思ったときには、額の左側に痛みが走っていた。前髪の付け根のあたり。ぎゅうっ、と千切られるような痛みに、手を上げる。

前髪を摑むなにかに触れた。

細くて長い、さらりとした冷たい、指。

ようやく焦点が合って、影の正体を、はっきり見た。

お姉ちゃんが私の前髪を摑んでいる。

「なんか」

声も出せずに呆然とする私に、姉がしらけた声で言う。

「生意気だよね」

私は姉の手の甲に爪を立てて、

その手を振り払い立ち上がって、小さな白い花が挿してあった花瓶を握って、全力で振りかぶって姉の額を割った。

割れた額から鮮血が噴き出して私の全身に降りかかった。

私はすでに死んでいるお姉ちゃんに「死ね！」と叫んだ。

そのすべてが一瞬のフラッシュみたいに脳に浮かぶのを見て聞いた。

劇的なエピソード。

今までの姉とのぜんぶを弔うことができそうな。

姉に傷つけられたことも周りの人を傷つけたことも自分が大嫌いになったこともこれで穏やかに死なせてあげられる。素晴らしい、ずっとほしかったエピソード。

でも私は、姉の手にただ触れた。

髪の付け根はずきずきと痛んで、けれど、不思議と凪いだ気持ちでいる。

姉はひとの話を聞かない。

姉にとって会話って、意見の交換や言葉のやり取りではなくて、いかに自分のポイントを稼いで相手にダメージを与えるか、という勝負。姉はいつだって勝とうとする。相手を負けさせようとする。真剣な会話は叶わない。

しょうがない。それが姉の選んだ答えだから。

オッケー、あきらめがついた。

私もう、お姉ちゃんとのエピソードはいらない。

たぶん大丈夫だと思う。エピソードにもならないような色々が私のなかに蓄積されている。私はお姉ちゃんへの愛も憎しみもなにものにも昇華させないまま、そのままの形で手放して、捨てる。

「ごめん、お姉ちゃん」

私は顔をゆがめて、泣きだしそうな声を作った。ごめんね、と繰り返すと、姉は指の力を緩めた。

「ちょっと、やだー、痛いんだけど」

そう言って、姉は自分の左手を引き寄せる。点滴の刺さった腕を、急に動かしたから針のところが痛んだみたい。ざまあみろ、とも思わなかった。ただ、それはそうだよね、という気持ち。あらそうですか、という気持ち。

私、お姉ちゃんから離れる。

そのために必要なら大好きな両親とも離れる。それって、大変なことがいっぱいあると思う。さくっと姉を殺した方が楽だと思うことも、きっとたくさんある。そのあたりがたぶん、殺人の五割以上が家族間で行われちゃう原因なのかな。家族って、ただ離れることが面倒くさい。

でも頑張ろう。自分でも頑張るし、たくさんのひとに相談しよう。もう周りに隠すのは終わり。これから私が欺くのは、周りのひとたちじゃなくて、家族。

「ごめん、嫌なこと言って」と、私はうつむいた。そうやって思いついた台詞を喋りながら、笑いそうになる。心にもないことを平気で喋るのって、悪いことをしてるみたいでちょっと楽しい。

だって少なくとも高校を卒業するまでのあと二年弱は、私はお姉ちゃんとひとつ屋根の下で暮らしていくわけだし。そこは無難にストレスなくできるだけ快適に生きていきたいし、だから私は穏やかな態度でお姉ちゃんを欺く。お父さんもお母さんも欺く。私は従順なふりを装って家族を騙していつか無責任にぽいっと捨てることを自分に許すと今、決めた。


駅から家までの帰り道、藍色(あいいろ)の空に薄い三日月が浮かんでいた。

私はパティスリーコジマの紙袋を片手に、マカロンを取り出しては口に入れつつ歩いた。花のような甘い香りもサクサクとほどける食感もとても素敵なんだけど、正直あまり美味しくない。これはべつにパティスリーコジマの技術不足じゃなくて、やっぱりマカロンって歩きながら食べるもんじゃないよなあと思う。

私は姉にお見舞いを渡さなかった。無力で弱い、取るに足らない妹を演じて、でも不機嫌な姉をそのまま放置して帰った。そのバランスでいこう、と思う。私はもう姉をあきらめたので姉と戦わない。でも、無駄に機嫌をとったり不必要に会話したりくだらない悪口を聞いたりはしない。ぜんぜん仲良くないシェアメイトみたいな温度で暮らしていきたい所存、最後の二年間。

いつもの十字路に差しかかる。右に行くと小学校。左に行くと、姉がいじめていた子の母親に腕を摑まれた公園。

私は左に足を向けた。歩調を崩さず、一度も立ち止まらず、あっというまにその入口にたどり着く。ブランコがあって、滑り台があって、ベンチがある。滑り台は塗装が塗りなおされて、記憶の中と色が変わっていた。思い出では黄色、今は水色。あの子の母親から逃げ帰ってきてから、ここに来るのは初めてだ。

私はブランコに座って、錆の匂いのする鎖に腕を回した。ブランコに乗るのも久しぶり。バランスをとりながら、紙袋から最後のマカロンを取り出して食べた。座って食べると、ちゃんと美味しい。

私しかいない公園。今はもう、腕を摑まれている子供も、心を病んだ母親もいない。過去はすべて今にとって代わられた。

もし今同じことが起きたら、と考える。知らない人間に突然腕を摑まれたら。そのときは、大声で叫びながら全力で逃げて、警察に通報して助けを呼ぼう。大丈夫、きっとできる。私はもう、子供じゃないし。これからもどんどん、子供じゃなくなっていくし。

ひとつ思い浮かんだことがあった。

私、今まで将来の夢ってなかったけど、ついさっき姉の病室を出るときに思いついた。私、将来、殺意が湧くほど絡み合ってる家族たちを離れ離れにしてあげられるような、ケースワーカーになろうかな。家族を殺したい？　わかりますー、ほんとそれですよね、と言ってあげられるような。

でも、どうだろう。すぐにまた違う夢が出てくるかもしれない。どんな夢でもいいんだ。どんな夢だとしても、もうお姉ちゃんにはなにも邪魔できない。遠く離れて永遠に縁を切ると決めたから。そうだ、二年後、私はひとりっ子になるわけだから、家族を殺したい人の気持ちなんてぜんぜんわからなくなっているかも。

家族ってほんとうに素敵ですよね。ほんと、うらやましいです、私には家族なんてものはいないので。

＊

お姉ちゃんが泣いている。それが夢の始まり。

雪が降っていた。水気を多く含んだ重たい雪。身体に触れるとすぐに冷たい水へと溶けて、肩や指先を容赦なく濡らした。お姉ちゃんの白いマフラーも、ふわふわの毛先が冷たそうに濡れそぼっている。吐いた息が真っ白になった。

このお天気、この雪は、よく覚えている。私の大学受験の、合格発表の日に降った雪だ。

発表前、急にアイスが食べたくなって、コンビニに行こうと外に出たらそんな天気だった。今年は暖冬で、雪なんて久しぶりに見たから強く印象に残った。この薄暗い空は私の不合格を予見しているのかも、なんて、非科学的な不安が頭を過った。

アイスを買って、帰り道でお姉ちゃんに会ったんだ。でも違う、これは夢だから。実際のお姉ちゃんは、このとき泣いてなんかいなかった。

「麻友ちゃん」と、雪の中でお姉ちゃんが私を呼ぶ。

やっぱり違う。もうここ一年くらい、お姉ちゃんが私を「ちゃん」付けで呼んだことはない。

東京の大学に進みたい、と話したとき、姉よりも両親の反対が激しかった。未成年の女の子をひとりで東京にやるなんて危ないことはできない、というのがその主な言い分だった。でも、私はもう両親の言うことを言葉のまま信じることができなくなっていたので、反対の本当の理由は別にあるような気がしていた。つまり、姉を残して遠くに行くな、というような。捻くれて考えすぎかもしれないけど。

理由はどうあれ、反対されることは充分に予想できていたことだったので、私は時間をかけて辛抱強く説得した。年齢や性別により進路を制限するなんてナンセンスだということ、私がやりたいことを叶えるためにはどうしてもその大学じゃなくてはいけないこと、口にしたことはなかったけど、本当は子供の頃からずっとその大学に憧れていたこと。私だって、だいぶ虚実を混ぜた主張で説得を試みたわけだから、両親の言い分に嘘があったって責められない。

時間はたっぷりとあった。高校二年生の夏に両親に初めてその告知をして以来、私は毎日毎日繰り返し切実な願いを伝え、必死に勉強する姿を見せて、本気を示し続けた。もし受け入れられなかったとしても、数年くらい働いて自力でお金を貯めて、いずれは同じ道へ進むつもりでいた。最初はもちろん、姉と離れたいという動機から。でも時間がたつにつれ、自分で決めたその将来への道筋が、私の中で姉とは無関係の本当の目標になりつつあった。両親へのプレゼンのため第一志望の大学について真剣に調べるうちに、自分が学びたい環境はそこにあると心から思いはじめた。

半年がたって、両親の態度が軟化してきたとき、「じゃあ私も東京に行く」と姉が言い出した。

麻友ちゃんと一緒に住む。それならお父さんとお母さんも安心でしょ。麻友って家事とか好きだから私も助かる。学校も麻友と同じとこにしよっかなー。あー、でもぶっちゃけちょっとレベル低いよね。いいよ、私が麻友ちゃんのレベルに合わせてあげる。

こいつほんとぶっ殺してやりたいな、と思ったけど、姉をぶっ殺したい気持ちにはもうすっかり慣れていたし、もうぶっ殺す必要なんてないと知っていたから慌てなかった。私は努めて穏やかな声で、姉の目を見てはっきり言った。「ごめんね、私お姉ちゃんとは一緒に住みたくないな」、と。

姉は一瞬虚を衝かれたような顔をして、「なに本気にしてんの？」と首を傾げた。それ以来、姉は私を麻友「ちゃん」と呼ばない。

「どうしたの？」

降り続ける雪に髪を濡らす姉に、私は尋ねた。姉は、はあっと大きく白い息を吐きだして、「本当に行っちゃうの？」と呟いた。

「うん、受かったら、だけど」

第一志望に受かったら、ひとり暮らしを認める。最終的に、両親はそう言ってくれた。それでも母はずっと渋い顔をしていたのだけれど、いつかのタイミングで私は母に尋ねたのだった。「お母さん、私がお姉ちゃんのこと殺したいと思ってたの知ってた?」と。知らなかった、と、母は答えた。その答えには嘘はなかったんじゃないかと思いたい。あれが決定打になったんじゃないかと、私としては考えている。

「受からなければいいのに」

雪に紛れるようなかすかな声で、姉は言う。

これは、どっちだっけ。本当に言われたことだっけ。言われたかもしれない。姉は結局、地元の大学への進学を決めた。推薦で、法学部へ。

弁護士になりたい、と姉は言ったのだった。「困っているひとを助けてあげる仕事につきたい」と。私はものすごく驚いて、そんなことって倫理的に許されるのかなと疑問に思った。でも、地元で一番の難関大へストレートで合格を決めた姉の能力に問題はないわけだし、外面の良さと性格の悪さを適宜コントロールできるようになれば、上手くやれるかもしれない。もちろん、悪さだけが暴走してすべてをめちゃくちゃにする未来も見える。でも、どちらに転ぼうと私には関係のない話だし。たとえ数年後にニュースで姉の名前を加害者として聞くことになったとしても、私はスマホの電源を切って知らんぷりを貫くと決めている。私に、きょうだいの進路に口出しする権利なんてないし。

「お姉ちゃんには関係ないことだよ」

夢だとわかっているからなのか、そんな強気なことが言えた。

お姉ちゃんはうつむいて、その瞳からまたきらきら輝く涙をこぼす。かすかな声で、

「行かないで」と言った。

これはいったいなんだろう。

夢の中で、姉は本当の姉がもう絶対に言わないようなことを言う。これは私の深層心理にあるなにかを表しているのだろうか。私の願いとか、本当の望みとか？　私は心の奥底で、姉に引き留められたいと願っているのかな。姉なんてどうでもいいと捨てたつもりで、最後の最後まで、姉に惜しまれたいとか。

離れて本当に寂しいひとなら、他にたくさんいる。友達のほとんどとは、卒業と同時に離れ離れだ。

三年生でも同じクラスになったヨシくんは、地元で就職を決めた。うちのクラスで進学しないのはヨシくんだけだったから、少し噂になった。ヨシくんのお家はあまり経済状況がよくなくて、奨学金で進学することはできるけど、弟や妹がまだ小さいから、少しでも環境を安定させるためにいったんは就職を選ぶことに決めた、らしい。私はヨシくんとはずっとそこそこに仲の良い友人同士だったけど、自分たちの家族について深い

話をすることは一度もなかった。私が姉への殺意を告白しようとして止めた、あの一瞬以外は。

私はヨシくんの反応に一瞬で醒めてしまったわけだけど、あのとき私にひとり抱えこんでいたテーマがあったように、ヨシくんにも家族というものについて大切に抱えていた譲れない価値観があったのかもしれないと、今にして思う。勝手に醒めたりして悪かったな。でもヨシくんは今も杏奈と一緒にいてとても幸せそうだから、私が醒めようがどうしようがきっとどうでもいいか。

杏奈は地元で進学して、高梨くんは、たしか関西。でもふたりとは、結局球技大会以降は話す機会も減ってしまって、くわしくはわからない。会おうと思わなくても会える機会って、やっぱり貴重だったんだ。友達って、やっぱり他人だから、会わないでいるとなんの抵抗もなしにどんどん距離が広がる。

絵莉とはずっと仲良しでいたいから、ちゃんと連絡を取り合おう。

絵莉は北海道の大学に推薦で合格して、誰よりも早く進路を決めた。ずっと東京に出たいと話していたのに、なぜ急に北海道？　と聞くと、興味のある分野の専門学科がそちらにあって、それがひとつ。もうひとつの理由は親にも誰にも話していなくて、私にだけ神妙な顔で打ち明けてくれた。北海道のご当地お笑い芸人にハマったから、と。

そんな理由で進路を選んでいいの？　と私は不安になったけど、絵莉は幸せそうだった。やっぱり絵莉って、けっこう大胆な女だ。

お兄さんのひきこもりについては一進一退といえる状況で、バイトを始めたりすぐに辞めたりの繰り返しらしい。私と絵莉は暇さえあれば互いのきょうだいの悪口をずっと言い合っていた。でも、私たちふたりともきょうだいから離れるわけだから、そんな話題で盛り上がることもきっと減っていくな。

それもこれも、私が合格すればの話だけど。仲の良い友達で、進路の同じ子は誰もいない。私はひとりになる。

友人たちに思いを馳せていた思考を切って顔を上げると、そこに姉はいなかった。灰色の空から音もなく降り続ける雪が、ついさっきまで姉がいた舗道の上に落ちる。

夢に意味なんてないんだ。脳が勝手に動いてるだけ。

そう気持ちを切り替えて歩き出そうとした瞬間、雪に雑じって、なにか大きなものがひらっと目の前に降ってきた。指先で摑むとそれは、私の受験票。

ああ……懐かしい。

試験当日の朝、絶対に鞄に入れたのに、試験会場に着くとなかった。それに気づいたタイミングで、姉から『受験票忘れないようにね！』としらじらしいラインが届いた。それで私は、姉に受験票をスられたと知った。

姉の笑顔が頭に浮かんだ。両親への必死の説得も、一年半の猛勉強も、友人との別れの決意も、すべてを無駄にしてやったと勝ち誇る魔女の笑み。

ああ。

あのとき、私は確か……。

試験会場ですぐに仮受験票を発行してもらって、なにも問題なく試験を終えた。

そういう対応をしてくれる学校だと、事前に調べていた。それであえて、なにをしでかすかわからない姉の前に囮のつもりで鞄を置いておいたんだ。

あれは嬉しかったな。

姉の悪さに勝った、という感覚があった。試験の後、家に帰って、姉に会ったはず。そのとき姉がどんな顔をしていたか、覚えていない。そんなことにはもう、興味はなくて。

「帰ろう」

いつの間にか、隣に姉がいた。もう泣いていない。そう、実際は、こんな感じ。コンビニからの帰り、泣いても笑ってもいないお姉ちゃんと偶然会って、別に何を話すわけでもなく、なんの感情のやりとりもなく、ただ久しぶりに一緒に帰った。雪を踏みしめるふたり分の足音だけを聞いていた。

アイスを食べながら、合格発表の時間を待とうと思った。それが夢の終わり。

強い朝日に目が覚める。
東向きの部屋、光から逃げるように寝返りをうつ。
お金がないから後回しにしていたけれど、もういい加減、カーテンを買わなくちゃ。
外からは鳥のさえずりが聞こえる。
近くに公園がある。まだ一度も行ったことのない公園。
起きよう。
朝ご飯を食べよう。
うっすらと残っていた夢の印象が、新しい部屋に満ちる光に消えた。

解説

北村浩子

悪い姉。シンプルなタイトルだ。

なんの予備知識もないまま中身を想像した。「悪さ」は、初めは「分かりやすい悪さ」として提示される。でもページが進むにつれて解体され、少しずつ別の面が見えてくる。そしてなにかしらの汲むべき事情があることが判明し、ラストはどこかに軟着陸する……。

そんな風に思ったのは、似たような流れの作品にこれまでたくさん出会ってきたからかもしれない。予想を裏切るのが、タイトルの役目のひとつだし。

けれど「姉」は最後まで、ひとすじの濁りもなく、悪い姉だった。

よかった。

読み終えて思った。そのわけをこれから書いていこうと思う。

渡辺優が描く人物は、ときに凶暴な想いを隠し持っている。

デビュー作『ラメルノエリキサ』の語り手、高校生の小峰りなは「大好きな自分をすっきりさせるため」に、積極的に復讐（ふくしゅう）という手段を用いたいと考えている（実行したこともある）し、画家である父の絵のモデルになっていることにアイデンティティを置く小学生の物語『アヤとあや』で、主人公の亜耶は嫌いな教師を「刺し殺してやろうかな」と口にする。

この『悪い姉』でも、「私」こと倉石麻友の語りには、冒頭の一文から「殺す」という言葉が出てくる。ぎょっとする。

殺す相手は、そう、姉だ。比喩ではない。麻友は同じ学年の姉・凜を殺したいと真剣に思っている。毎晩のように殺す夢を見る。刺殺、毒殺、撲殺。当然だが、殺人だとバレてはいけない。そこがなによりも肝心で、ただ姉を亡き者にすればいいというのではない。しかも麻友は、高三になる春までのあと一年の間に、と期限まで設定し、殺すことを「済ませたい」「始末する」と言いあらわす。まるでミッションであるかのようだ。

平穏な生活と自由な未来を手に入れるため、というのが麻友の大義なのだけれど、この小説は終始一人称で綴（つづ）られているので、読者は麻友の目を通してしか彼女の住む世界を見られない。だから、最初はつい疑ってかかってしまった。お姉さんに対する嫌悪は、思い込みや一方的な妬みみたいなものから生まれているんじゃないのかな——？　などと。

片思いの相手、同級生のヨシくんについての描写（彼が皆にヨシくんと呼ばれているのが好き、というのがなんともキュート）や、信頼のおける友人の絵莉にアプローチの相談をするところなど、通学時や教室内でのシーンは読んでいて和む。ヨシくんの会釈を解釈するくだりなど、ああこれが恋だよなあとほのぼのする。

だけど、すぐに気づかされる。麻友はどんなときでも――好きな人のことを考えているときでも――肩の力を抜いていない。気を緩めていない。完全にリラックスしていない。

思考の中に姉が不意に登場し、楽しい気持ちがそのたびに急激に温度を下げる。心全体が冷えてゆく。麻友の内側にはいつも姉がいる。どんな姉なのか、人物像が次第に浮かび上がってきて、初めの「疑い」は修正される。

〈人が痛がったり苦しんだり嫌がったりするのを見ることが好き〉
〈奴隷を満足させるぎりぎりの飴と鞭の与え方を、生まれながらに知っているよう〉
〈目についた大人しい子をいじめずにはいられない〉
〈人の心を摑んだり揺さぶったり急に放したりして、思い通りに操る〉
〈絶妙な力加減の暴力を心得てる〉

凜の加害によって心を壊してしまった子を、麻友は何人も知っている。両親が学校に呼び出されたこともあるけれど、父は何事もないようなふりをし続けるし、母はぬるい注意をするだけ。

やり過ごすことを繰り返すと、それはデフォルトの態度になる。おそらく二人は人生のどこかで手に負えないと長女を見切り、深くかかわることをやめたのだろう。

苛立ち、虚しさ、無力感、焦燥感。孤軍奮闘する麻友の心の中に、どれだけのものが詰まっているか想像に難くない。物語の後半では、中学時代の親友に対する贖罪の気持ちを麻友が抱いていることも明らかになるが、姉に迎合し、加担してしまったことに起因する後悔の「詳細」は、読んでいてたまらなくせつない。

それでも麻友の語りには、一貫して姉への抗いがもたらすエネルギーと力強さがある。物語のトーンが、サスペンス的雰囲気はありつつ暗いほうに落ちていかないのはそのためだ。けれど、具体的に麻友を助けてくれる人は、いつまでたってもあらわれない。ヨシくんに姉のことを打ち明けたとき、そして、中学生の頃姉にいじめられていた畠山志保に、かつての自分の態度を責められなかった（責めてもらえなかった）球技大会の日、麻友の胸にひろがった静かな絶望——被害者だったはずの畠山志保は、憐れみのようなものさえ見せたのだ——は、麻友の孤独を一層深める材料になってしまう。ヨシくんのような心の健やかな人の言葉は「正しさというものが世間にはある」ということを教えてはくれるけれど、正しさはときに相手の口を塞ぐ冷たい綺麗事でしかない。

味方も理解者もいない閉塞感と、自分に課したミッションの重さに、麻友はときどき押しつぶされそうになる。突然ハイになって、のびのびとカジュアルにやれば〈殺れば〉いいじゃん！　と思ったりもするし、どうして自分は姉を殺したいんだったっけ？と問いを並べたりもする。姉がクラスで孤立している雰囲気があると聞いたときは〈夢みたいな気分〉になる。上下左右に、心は揺れる。

この「揺れ」の様相が、小説の肝だ。

愛憎という言葉の、愛と憎の間にはグラデーションがある。「憎」のほうに限りなく寄りながらも、麻友はときどき対岸の「愛」のほうに視線を向け、昔は仲が良かった、と子供時代をふりかえる。姉が好きだった、姉に認められたかった、喜んでもらいたかった……記憶の中の感情は、姉の機嫌を損ねたくないという一点から枝分かれした隷属者特有のものだったと今の麻友は分かっているけれど、どんな関係にも楽しかった時期、時間はあって、すべてをなかったことにはできない。思い出を意志の力で消すことは難しい。

彼女の複雑な気持ちがもっとも強くあらわれているのは、入院している姉にケーキを買って行こうかと考えている、２４７ページからのこのくだりだ。

〈私は姉を喜ばせようなんて考えるべきじゃない。一瞬の姉の笑顔のために大切なお小遣いからケーキを買うなんてどう考えたってやめた方が良い。でも無理。だってお姉ち

ゃんはイチゴの載ったケーキが好き。だから私は姉を殺すべきなんだ！〉
だから。
ひとところに留まらない、ひとつの色には決してならない姉への想いが、この不自然な接続詞に表出している。矛盾した、整理できない、ときに暴走する考えを「だから」でつなげながら、麻友は懸命に堪えてきたのだ。
愛憎の「愛」寄りに自分を置いて姉に本心をぶつける場面、どうかどうか麻友が本当の意味で楽になってくれますように……と願いながら、読者はページをめくることになる。

左の前髪。

いつも寝癖という「憎きうねり」がつくから、麻友は毎朝必ずヘアアイロンを使う。うまく伸ばせなかった日は気分が落ち込んでしまう。そんな前髪の下には、姉に付けられた傷の跡がある。

良いひとになってほしい。

そう告げた妹を、姉は最大限に痛めつけ、侮辱した。

相手の弱点を熟知している人間にしかできない方法で。

よかった。

姉が骨の髄から悪い姉でよかった。

情のない人間でよかった。

そうでなければ麻友はいつまでも解放されなかっただろう。

悪い姉だったから、麻友は救われたのだ。

自分を救ったのだ。


麻友はよく「平和」という言葉を使う。

球技大会の実行委員四人でマックへ行ったとき、ポテトを「平和の味」と表現したり、母と台所で夕飯の支度をしながら「もし私がひとりっ子だったらこの平和が本物だったりしたのかな」と想像したり、姉をきちんと殺せたら「世界は幸福で平和な場所になる」と考えたり。

求めていた平和を麻友は手に入れようとしている。

これは自分で自分の背中を押し続けた少女の、勝利の物語だ。


（きたむら・ひろこ　書評家）

本書は、二〇二〇年八月、集英社より刊行されました。

初出
「小説すばる」
二〇一九年三月号、五月号、七月号、九月号、十一月号、
二〇二〇年一月号、三月号

渡辺　優の本

ラメルノエリキサ

女子高校生・りなの信条は「やられたら、やりかえす」。その彼女が夜道で何者かに背中を切りつけられる。りなは復讐を果たすため、犯人捜しをするが……。第28回小説すばる新人賞受賞作。

集英社文庫

渡辺　優の本

自由なサメと人間たちの夢

さて、私は死にたい。心の底から死にたい……。自殺未遂を繰り返す女が、入院先の病院で決意する「最期の日」の顚末とは。一行目から魅了される毒気と物語センスが炸裂する短編集！

集英社文庫

渡辺　優の本

アイドル　地下にうごめく星

40代会社員の夏美は、地下アイドルの魅力に惹かれ、無謀にもアイドルのプロデュースに挑戦することに。様々な境遇の若者4人が集まり輝きを放つ。少女たちのリアルな青春群像劇。